KB170360

구시렁구시렁 일흔

구시렁구시렁 일흔

초판 1쇄 발행일 2021년 2월 20일
초판 2쇄 발행일 2021년 4월 20일

글 | 박범신
글씨・그림 | 박범신
본문・표지 디자인 | 홍동원
편집팀 | 이한나
마케팅 | 김리하

펴낸이 | 권성자
펴낸곳 | 도서출판 아이북(임프린트/창이 있는 작가의 집)

주 소 | 04016 서울 마포구 희우정로 13길 10-10, 1F 도서출판 아이북
전화 | 02-338-7813~7814
팩스 | 02-6455-5994
출판등록번호 | 10-1953호 등록일자 2000년 4월 18일
이메일 | ibookpub@naver.com
Copyright ⓒ 박범신 2021 printed in seoul, korea

ISBN 979-11-90715-01-0 03810

값 18,800원

박범신

구시렁 구시렁일흔

창이 있는
작가의
집

차례

喜 기쁨

하늘

숙성돼지막창,이라고 쓴 것을
숙성돼지하늘,이라고 나는 읽는다
한낮의 홍제동 먹자골목에서

숙성되면 막창도 하늘이다

하늘

숙성돼지막창, 이라고 쓴 것을
숙성돼지 하늘, 이라고 나는 읽는다
한낮의 홍제동 먹자골목에서

숙성되면 막창도 하늘이다

지느러미

적멸의 길에서 만나면
다시 피는 봄꽃들이
모두 철없고 애처롭다
왜 우리에겐 봄이
다만 지나갈 뿐인가
꽃으로 피진 않으련다
봄날 아침 네 발등 지느러미
혹시 새콤달콤 간지럽거든
내가 죽어 이윽고
흐르는 물이 된 줄 알아라

지느러미

죽음의 길에서 만나면
다시 피는 봄꽃들이
묘즉 철없이 애처롭다
왜 우리에겐 봄이
다만 지나갈뿐인가
꽃으로 피진 않으련다
봄날 아침 네 발등 지느러미
혹시 새콤달콤 간지럽거든
내가 죽어 이윽고
흐르는 물이 된줄 알아라

한살이

내 한살이 언제나
여문 씨앗이 되고 싶었네
세계의 눈물로 싹이 트고
세계의 한숨에 쑥쑥 흔들리면서
돌아보면 저기 나의 놀빛은
지금 생피보다 붉은데
이제라도 거꾸로
뻗대고 서자 쇠똥구리처럼
젖은 길 무너진 길
유쾌한 드리블로 가자 쇠똥구리처럼
저것 봐, 쇠똥구리는
길과 겨루지 않고
길을 원망하지 않네
눈물은 눈물끼리
씨앗은 씨앗끼리
무변의 허공 옹골지게 무찌르면서
오늘 길 끝에서 다시
숨탄 사랑이 되는
내 친구 너 쇠똥구리

한살이

나 한살이 언제나
여문 씨앗이 되고 싶었네
세계의 눈물로 싹이 트고
세계의 한숨에 쑥쑥 흔들리면서
돌아보면 저기 나의 놀빛은
지금 생피보다 붉은데
이제라도 거꾸로
벌떡고 서자 쇠똥구리처럼
젖은 길 무너진 길
유쾌한 드리블로 가자 쇠똥구리처럼
저것 봐, 쇠똥구리는
길과 겨루지 않고
길을 원망하지 않네
눈물은 눈물끼리
씨앗은 씨앗끼리
무변의 허공 옹골지게 무찌르면서
오늘은 길 끝에서 다시
숨탄 사랑이 되는
내 친구 너 쇠똥구리

명주바람

당신의 날은 매일매일
빨래 널기 좋은 날이면 좋겠다

그럼 참 좋겠다

모링주바람

당신의 날은 매일매일
빨래 널기 좋은 날이면 좋겠다

그럼 참 좋겠다

소원

어스름 뜰을 서성거리며
아침은 어디에서부터 오는가
작약꽃 붉은 빛인 것도 같고
저기 공작단풍
여기 성모님 둥근 얼굴인 것도 같지만
아니야 내가 아침이면 좋을텐데
나와 함께 있는 누구든
더불어 환해진다면
나와 함께 있는
오래된 나도 덩달아
그냥 환해진다면 좋을텐데
내가 날마다 아침이라면

소원

어스름 뜰을 서성거리며
아침은 어디에서부터 오는가
작약꽃 붉은 빛인 것도 같고
저기 공작단풍
여기 성모님 둥근 얼굴인 것도 같지만
아니야 내가 아침이면 좋을텐데
나와 함께 있는 누구든
더불어 환해진다면
나와 함께 있는
오래 된 나도 덩달아
그냥 환해진다면 좋을텐데
내가 날마다 아침이라면

충고

자네, 그리 멍하다가 담뱃재 떨어지겠네
자네는 간소하게 살고싶겠지만
봐, 아수라세상이 자네를 건들고
봐, 미친 붉은 꽃이 자네를 건들고
봐, 모든 그늘의 향기로운 노래들이
나이면서 내가 아닌
자네이면서 자네가 아닌
자네를 건들고
그러니 몸에 해로운 담배 그만 피고
배롱나무 꽃그늘 거기
한허리 베고 무심히 주무시게
자네 참 모습은 무심에서 솟아나올 게야
참, 아직도 그걸 모르시나

충고

자네, 그리 명하다가 담뱃재 떨어지겠네
자네는 간소하게 살고싶겠지만
봐, 아수라세상이 자네를 건들고
봐, 미친 붉은꽃이 자네를 건들고
봐, 모든 그늘의 향기로운 노래들이
나이면서 내가 아닌
자네이면서 자네가 아닌
자네를 건들고
그러니 몸에 해로운 담배 그만 피고
배롱나무 꽃그늘 거기
한허리 베고 무심히 주무시게
자네 참모습은 무심에서 솟아나올게야
참, 아직도 그걸 모르시나

봄볕

뒤뜰 연못에서, 겨우내 얼음 밑 좁은 구멍 속에서, 죽은
시늉으로 견디어온 금붕어들이 때를 만났다. 그
생기찬 눈뜸이 황홀하다. 당신 핏속 불꽃을 못이겨
툇마루에서 쿵 떨어져 실신했다가 찬물 한 모금에
정신줄 잡고 돌아온 뒤 아이구메, 이노무 봄볕! 하던
울 엄니 까랑한 목소리 그립다. 엄니 눈빛은 그
순간 난데없이 젊은 새댁인 듯했는데 그것참,
그날의 엄니가 시방 저 금붕어인지 시방 이
봄볕인지 영 모르겠다. 어디일까 허물어진 성
터로 가서 한나절 내내 앉은 채 졸다말다 하고
싶다.

봄볕

뒤뜰 연못에서, 겨우내 얼음 밑 구멍 속에서, 죽은 시늉으로 견디어 온 금붕어들이 떼를 만났다. 그 생기찬 눈뜸이 황홀하다. 당신 피 속 불꽃을 못이겨 툇마루에서 쿵 떨어져 실신했다가 찬물 한모금에 정신줄 잡고 돌아온 뒤 아이구메, 이노무 봄볕! 하던 울엄니 끼랑한 목소리 그립다. 엄니 눈빛은 그 순간 난데없이 젊은 새댁인 듯 캤는데 그것참, 과실의 엄니가 시방 저 금붕어인지 시방 이 봄볕인지 영 모르겠다. 어디일까 허물어진 성터로 가서 한나절 내내 앉은 채 졸다말다 하고 싶다.

갈망
-산티아고 순렛길에서

아무것도 남지 않는다

당신이 지나고 나면
길은 그냥 텅 빈다

내가 이윽고 남몰래
길이 되어 눕는다

갈망
- 산티아고 순례길에서

아무것도 남지않는다

당신이 지나고나면
길은 그냥 텅 빈다

내가 이윽고 남몰래
길이 되어 눕는다

행복
- 산티아고 순롓길에서

이제 아무것도 그립지않아
걸으면 걸을수록
갈 길은 줄어들고
남은 날들 짧아지니
참 좋아
홀가분, 꽉 차있는
저것 봐 흰 길 푸른 밀밭
붉은 집 노란 들꽃
아, 하늘님과 나 미물
구분이 없으니
참 좋아
아래 위 모두 한 통속
남은 건 지금뿐이야
지금 전과 지금 후가
모두 내것이 아니어서
참 좋아
그리움을 지웠더니
원망을 다 지웠더니
몸뚱아리 이리 가볍잖아

26

짊어지기 쉬워서
그냥 날아갈 것 같아서
참 좋아

행복
-산티아고 순롓길에서

이제 아무것도 그립지 않아
걸으면 걸을수록
갈 길은 줄어들고
남은 날들 짧아지니
참 좋아
홀가분, 꽉 차 있는
저것 봐 흰 길 푸른 밀밭
붉은 집 노란 들꽃
아, 하늘님과 나 미물
구분이 없으니
참 좋아
아래위 모두 한통속
남은 건 지금뿐이야
지금 전과 지금 후가
모두 내 것이 아니어서
참 좋아
그리움을 지웠더니
원망을 다 지웠더니
몸뚱아리 이리 가볍잖아

짊어지기 쉬워서
그냥 날아갈 거 같아서
참 좋아

청명 가을
-폐암 수술 후에

가을은 거대한 회복실
오래전 닳아 없어진 무릎연골들
어린물고기떼처럼 헤엄쳐 돌아오는
저기 하늘가를 좀 봐
비에 젖은 뒷골목 어느 선술집
어둔 목로 사이에 언젠가 흘리고 온
4번과 5번 허리뼈 이음새
지금 안성맞춤 제 집에 들어앉는
물푸레나무보다 투명한
저기 희푸른 바람 끝을 좀 봐
사는 건 오장육부를 빼서
시나브로 팔아먹는 일
잃은 게 어디 그뿐이겠어
덧난 발바닥은 발바닥대로
늘어진 위장은 위장대로
삭은 쓸개는 쓸개대로
지친 숨골은 숨골대로

청명가을
    —폐암수술 후에

가을은 거대한 회복실
오래 전 닳아없어진 무릎연골들
어린 물고기떼처럼 헤엄쳐 돌아오는
저기 하늘가를 좀봐
비에 젖은 뒷골목 어느 선술집
어둔 목로사이에 언젠가 흘리고 온
4번과 5번 허리뼈 이음새
지금 안성맞춤 제 집에 들어앉는
물푸레나무보다 투명한
저기 희푸른 바람끝을 좀봐
사는 건 오장육부를 빼서
시나브로 팔아먹는 일
잃은 게 어디 그뿐이겠어
덧난 발바닥은 발바닥대로
늘어진 위장은 위장대로
삭은 쓸개는 쓸개대로
지친 숨골은 숨골대로

나사빠진 똥긴는 똥끄대로
살면서 깎아먹은 젊은 부품들이
지금 스스로 돌아와 척척
틈나처럼 제자리 맞춰 앉는
가을은 이제 청명한 회복실
저기 물 맑은 쪽빛 하늘을 좀 봐
본래 우리가 저곳에서
걸어나왔다는 걸 믿으면 되는거야
쪽빛숨결이었다는 거
쪽빛눈물 쪽빛꿈이었다는 거
쪽빛회복실의 주인이었다는 거

나사 빠진 똥꼬는 똥꼬대로
살면서 팔아먹은 젊은 부품들이
지금 스스로 돌아와 척척
틀니처럼 제자리 맞춰 앉는
가을은 이제 청명한 회복실
저기 물맑은 쪽빛하늘을 좀 봐
본래 우리가 저곳에서
걸어나왔다는 걸 믿으면 되는 거야
쪽빛숨결이었다는 거
쪽빛눈물 쪽빛꿈이었다는 거
쪽빛 회복실의 주인이었다는 거

혼잣말

깜짝, 눈이 쌓인 신새벽, 소낙비 오듯 누가
막 보고 싶었는데, 대문가 눈을 쓸고 돌아온
사이, 그 누가가 누구였는지, 영 생각이 안
난다 내가 요즘 자주 이런다

천사가 될려나

혼잣말

깜짝, 눈이 쌓인 실새벽, 소낙비 오듯 누가
막 보고싶었는데, 대문가 눈을 쓸고 돌아온
사이, 그 누가가 누구였는지, 영 생각이 안
난다 내가 요즘 자주 이런다

천사가 필려나

봄꽃

꽃이 아니다 저것은
어둠 속에 쟁이고 쟁였다가
곪아 터져나오는 비명이다
제가 세상의 주인이라는 비명이다
어쩌란 말인가

남은 인생은 순애보로 살아야겠다

봄꽃

꽃이 아니다 저것은
어둠 속에 쟁이고 쟁였다가
곪아 터져나오는 비명이다
제가 세상의 주인이라는 비명이다
어쩌란말인가

남은 인생은 순애보로 살아야겠다

순애보에서 별로
11.24

사실주의

공주역은 사람보다
기차가 더 많이 다닌다
진짜 기차역이다

공주역은 기차보다
바람이 더 많이 다닌다
진짜 기차역이 아니다

당신의 정거장이 되고 싶은 날

사실주의

공주역은 사람보다
기차가 더 많이 다닌다
진짜 기차역이다

공주역은 기차보다
바람이 더 많이 다닌다
진짜 기차역이 아니다

당신의 정거장이 되고싶은 날

빛나는 별보다
조금 흐릿한 당신
귀함

길에서 죽은 w씨에게
-산티아고 순롓길에서

인생길 짧아 애련하고
갈 길 멀리 남아 아득하다
업장을 쓸어내는 빗자루라고 했던가
길 위에서 쓰러진 당신
산티아고 까미노에서
마침내 별이 되셨는가
부엔 까미노
나는 죽어서 별이 되진 않으련다
자갈길 비탈길 진창길 되리니
먼 데서 오신 당신이여 부디
조심조심 디디고
슬로우비디오로 건너가시기를
내 몸에서 붉게 핀 저 개양귀비꽃도
가끔 입맞춰 주시옵고
부엔 까미노

길에서 죽은 W씨에게
― 산티아고 순례길에서

인생길 짧아 애련하고
갈 길 멀리 남아 아득하다
업장을 쓸어내는 빗자루라고 했던가
길 위에서 쓰러진 당신
산티아고 까미노에서
마침내 별이 되었는가
부엔 까미노
나는 죽어서 별이 되진 않으련다
자갈길 비탈길 진창길 되리니
먼 데서 오신 당신이여 부디
조심조심 디디고
슬로우비디오로 건너 가시기를
내 몸에서 붉게 핀 저 개양귀비꽃으로
가끔 입맞춰 주시옵고
부엔 까미노

마음자리

맘자리 비우라고들 하지만
뻥치지 마
그거 원래 빈 거야 항아리처럼
돌아가기엔 너무 먼 지금의
내 항아리

마음자리

맘자리 비우라고들 하지만
뻗치지 마
그거 원래 빈거이ㅑ 항아리처럼
돌아가기엔 너무 먼 지금의
내 항아리

2020.11.
원응하기로

구시렁구시렁 일흔

밤늦게 늙은 아내와
마주 앉아
생막걸리 나누어 마시면서
구시렁구시렁
낮의 일로 또 싸운다

삶의 어여쁜 새 에너지
구시렁구시렁에서 얻는다

구시렁구시렁 일흔

밤 늦게 늦은 아내와
마주앉아
생막걸리 나누어 마시면서
구시렁구시렁
낮의 일로 또 싸운다

삶의 어여쁜 새 에너지
구시렁구시렁에서 얻는다

따따북따하고
2020·11·18

봄

쪽빛 호수가 자꾸 가라앉네
물의 뿌리로부터 뿌리의
뿌리로부터 솟아나는 나의 당신
아무것도 아닌 내가
참해라, 당신의 대롱을 타고 올라
꽃봉오리마다 열어 하늘과 만나네
어머! 어머어머! 당신이 내지르는
환한 마중물이 봄이구나
숨탄 것들 일제히 터트리는
오, 저 여리고 해맑은 아우성

봄

쪽빛 호수가 자꾸 가라앉네
물의 뿌리로부터 뿌리의
뿌리로부터 솟아나는 나의 당신
아무것도 아닌 내가
참해라, 당신의 대궁을 타고 올라
꽃봉오리마다 열어 하늘과 만나네
어머! 어머어머! 당신이 내지르는
환한 마중물이 봄이구나
숨탄 것들 일제히 터트리는
오, 저 여리고 해맑은 아우성

자작나무는 왜 저리 흰가

먼 바람이 와서
오래 씻겨 그러신가
먼 눈물이 와서
따뜻이 씻겨 그러신가
아니야 허공이 내려와
그대 몸에 깃든 게지
허공의 뿌리
허공의 사랑이 내려와
그대 뼈에 깃든 게지
내가 평생 되고 싶은

자작나무는 왜 저리 흰가

먼 바람이 와서
오래 씻겨 그러신가
먼 눈물이 와서
따뜻이 씻겨 그러신가
아니야 허공이 내려와
그대 몸에 깃든게지
허공의 뿌리
허공의 사랑이 내려와
그대 뼈에 깃든게지
내가 평생 되고싶은

집필실

홀로
가득 차고
더불어 따뜻이
빈 집

집필실

홀로
가득 차고
더불어 따뜻이
빈 집

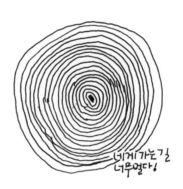
네게 가는 길
너무 멀다!

정체성 1

찰랑찰랑 머물고
얼쑤절쑤 흐르는가

나는 바람
애오라지, 이야기하는 바람

탄생 이전부터 오늘,
먼 먼 내일까지

아무도 나를 붙잡을 수 없네

정체성,

찰랑찰랑 머물고
얼쑤절쑤 흐르는가

나는 바람
애오라지, 이야기하는 바람

탄생 이전부터 오늘,
먼 먼 내일까지

아무도 나를 붙잡을 수 없네

_산이라노
이고갈·2021
정철

怒 2012음

눈 오는 날

기쁨은 작게 슬픔은 크게 느낀 죄
죽음에서 삐어져나오는 아침부터
심연으로서의 저물녘 떡갈나무에게까지
경이감은 줄이고 균열은 늘인 죄
사랑으로 스스로의 자유를 제한한 죄
불똥에 불과한 걸 사랑이라고 말한 죄
부분을 전체라고 우긴 죄
자신이 탄 구명보트를 송곳으로 찌른 죄
진심을 부끄럽게 여겨 감춘 죄
여전히 슬픔과 균열을
삶의 밑바닥 대지로 삼으려 한 죄
오늘도 저리 눈은 내려 쌓이는데
무릎 꿇어 나의 원죄에게 경배드리면서

눈오는 날

기쁨은 작게 슬픔은 크게 느낀 죄
죽음에서 삐어져나오는 아침부터
심연으로서의 저물녘 떡갈나무에게까지
경이감은 줄이고 균열은 늘인 죄
사랑으로 스스로의 자유를 제한한 죄
불통에 불과한 걸 사랑이라고 말한 죄
부분을 전체라고 우긴 죄
자신이 탄 구명보트를 송곳으로 찌른 죄
진심을 부끄럽게 여겨 감춘 죄
여전히 슬픔과 균열을
삶의 밑바닥 대지로 삼으려 한 죄
오늘도 저리 눈은 내려 쌓이는데
무릎 꿇어 나의 원리에게 경배드리면서

말

말이야말로 불완전하지요
잘못 맞춘 틀니처럼
계속 덜그럭거리니까요
그래도 뭘 어쩌겠어요
태초에 말씀이 있었다는데
휴~

말

말이야말로 불안전하지요
잘못 맞춘 특니처럼
계속 덜그럭거리니까요
그래도 뭘 어쩌겠어요
태초에 말씀이 있었다는데
휴 ~~

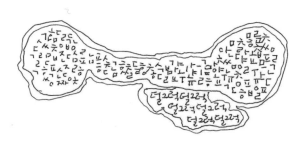

잔불

기차는 8시에 떠나네
조수미의 노래를 들으며
창 밖엔 불모의 폭염이 요지부동인데
어쩌다가 부서진 쇄골
비틀려 휘어진 허리
그래도 창 안쪽 내 가슴엔 아직도
혹 잔불이 남았는가
돋보기 고쳐 쓰고 조심조심
죽은 살붙이 손톱을 깎으면서
폭풍처럼 다가오는 거대한 빈 것에
소소한 나의 무너진 빈 것들 합치시키면서
아침빛 봄꽃은 지금 자취도 없어라
얼마나 더 오래 무겁게 걸어야
이 꿈이 끝나는 걸까
내가 본디 하나의 티끌이면
벼랑길인들 무슨 상관이랴만

잔불

기차는 8시에 떠나네
조수리의 노래를 들으러
참 박았던 불모의 돌염이 은자부동인데.
어쩌다가 부서진 쇄골
비틀린 휘어진 허리
그래도 참 언뜻 내 가슴엔 다락도
혹 잔불이 남았는가
틈나기 고쳐쓰고 조심조심
죽은 살불이 손톱을 깎으면서
폭풍처럼 다가오는 거대한 빈 것에
소소한 나의 무너진 빈 것들 합치시키면서
아침빛 봄꽃은 지금 자취도 없어라
얼마나 더 오래 무겁게 걸어야
이 꿈이 끝나는걸까
내가 본디 하나의 티끌에그
벼랑길이들 무슨 상관이랴만

소심란

구석에 버려둔 소심란素心蘭이 나 보란 듯
꽃을 피운 날 내 몸에서 두드러기가 솟아났다
여름꽃처럼 붉고 힘이 좋았다 이놈들이, 하고
긁었더니 두드러기 여름꽃들 성을 내면서 막
파죽지세로 번졌다 꽃이 꼭 저 좋아서만
피는 게 아니란 걸 그날 알았다 진정으로
성내면 누군들 왜 꽃으로 피지 않겠는가

소심란

구석에 버려둔 소심란素心蘭이 나 보란듯
꽃을 피운 날 내몸에서 두드러기가 솟아났다
여름꽃처럼 붉고 힘이 좋았다 이놈들아, 하고
긁었더니 두드러기 여름꽃들 성을 내면서 막
파죽지세로 번졌다 꽃이 꼭 저 좋아서만
피는 게 아니란 걸 그날 알았다 진정으로
성내면 누군들 왜 꽃으로 피지 않겠는가

자취

있어도 없는 것처럼 살아야지
발자국 남기지 않고 걸어야지
저것 봐 새들은 물을 차고 날지만
물결은 흩어져도 금방 제자리로 돌아오고
구름떼 지나가나 하늘은 본색을 잃지 않아
죽어보아야 비로소 안다네
붙잡고 싶었던 것들은 여분의 얼룩이고
머물고 싶었던 건 자의식의 헛불
애초에 내가 바람인 걸 모르진 않았으나
고요히 지나가야 한다는 걸 알았으나
가끔은 앉은자리 잎새 하나라도 기울여
표식을 남기고 싶었던 게지 꿈이라면서
이제 여름은 깊어 마당은 흰데
군더더기 살은 썩히고 솟은 뼈는 삭혀야지
할 수 있을까 신들로 가득 찬 내 몸에
신을 버렸던 내 영혼 돌아와 정좌하는 일
임아, 그래도 아직은 곁에 남아
있는 듯 없는 듯 더러 꽃으로 피어주시게

자취

있어도 없는 것처럼 살아야지
발자국 남기지 않고 걸어야지
저것 봐 새들은 물을 차고 날지만
물결은 흩어져도 금방 제 자리로 되메우고
구름떼 지나가나 하늘은 본색을 잃지않아
죽어봐야 비로소 안대네
붙잡고싶었던 것들은 여분의 얼룩이고
머물고싶었던 건 자의식의 헛불
애초에 내가 바람인 걸 모르지 않았으나
고요히 지나가야 한다는 걸 알았으나
가끔은 앉은자리 밑내 하나라도 기울어
틈식을 남기고싶었던게지 꿈이라던서
이제 따듬은 길어 바닥은 흔데
군더더기 살은 썩히고 속은 뼈는 삭혀야지
할 수 있을까 신들로 가득 한 내 몸이
신을 버렸던 내 영혼 돌아와 정화하는 일
임아, 그래도 아직은 곁에 남아
있는 듯 없는 듯 더러 꽃으로 피어주시게

작가의 뇌구조

두통

자낙스를 먹으면 어릿어릿 무던하다
수선스런 봄바람 너머
이마 동여맨 어머님의 오래전 말씀
"얘야, 골이 쏟아지려고 해"
꽃잎들이 순간 막 쏟아진다
어머니 두통은 봄꽃보다 붉고
나의 골은 퇴역장군 계급장처럼 희다
두통은 삶의 무게를 재는 저울추
자낙스의 부축을 받은 나의 골은
지금 시시각각 붉어지고 있다 어머니처럼

두통

자속스를 먹으면 어릿어릿 무던하다
수선스런 봄바람 너머
이마 동여맨 어머님의 오래 전 말씀
"아야, 꽃이 쏟아지려고 해"
꽃잎들이 순간 막 쏟아린다
어머니 두통은 봄꽃보다 붉고
나의 꽃은 퇴역장군 계급장처럼 희다
두통은 삶의 무게를 재는 저울추
자낙스의 부축을 받은 나의 꽃은
지금 시시각각 붉어지고 있다 어머니처럼

원죄

휘리릭 장마가 지나갔나봐요

사다놓은 설농탕 늦은 아침으로 먹고 나서
무연히 빈 그릇을 보고 있는데
뜬금없이 눈가가 막 뜨거워졌어요
눌러붙은 밥알과 기름기 얼룩들

시간이 얼룩을 만든다는 걸 알면서도
그걸 받아들이게 될까 늘 두려웠지요
설농탕 빈 그릇에 한가득
내 원죄가 이리 커요

장마전선은 어디쯤 가고 있을까요

우리

후드득 장마가 지나갔나봐요

사다놓은 설렁탕 늦은 아침으로 먹고나서
무던히 빈 그릇을 보고있는데
뜬금없이 눈가가 막 뜨거워졌어요
눌러붙은 밥알과 기름기 얼룩들

시간이 얼룩을 만든다는 걸 알면서도
그걸 받아들이게될까 늘 두려웠지요
설렁탕 빈 그릇에 한가득
내 울림가 이리 커는

잠깐저건은 어디쯤 가꼬 있을까요

위로

여기 가깝고 먼 다른 별이어요
한참 전 어쩌다가 이사왔지요
당신들 곁에 살 때는
참 시끄러웠던 거 같아요
버림받을까봐 늘 두려웠나봐요
이곳에선 해 뜨고 해 지는 걸 매일 본답니다
하루하루 그다지 나쁘진 않아요
당신들의 마을에선
당신들이 재미있어할 말을 고르느라
늘 애부수수 분주했는데
이곳에선 내가 하는 말
애오라지 나 혼자 들어요
모든 말이 온전히 내것이니, 참 좋아요
내 숨소리 내 가슴 뛰는 소리
더러 예쁜 노래로 들리기도 한답니다
누군가와 나누려고 하는 말들은
질려요 이제

할수록 헛발질만 커지는 말 말들
우리말 사전이 두꺼울수록
당신들과 더 멀어지던 아픔을 기억해요
나의 사전은 이사온 뒤
나날이 얇아지고 있어요
우리말 사전이 한 페이지 될 때까지
나의 위로가 완성될 때까지

위로

여긴 가깝고 먼 다른 별이어요
한참 전 어쩌다가 이사왔지요
당신들 곁에 살 때는
참 시끄러웠던 거 같아요
버림받을까 봐 늘 두려웠나 봐요
이곳에선 해 뜨고 해 지는 걸 매일 본답니다
하루하루 그다지 나쁘진 않아요
당신들의 마을에선
당신들이 재미있어할 말을 고르느라
늘 에푸수수 분주했는데
이곳에선 내가 하는 말
애오라지 나 혼자 들어요
모든 말이 온전히 내 것이니 참 좋아요
내 숨소리 내 가슴 뛰는 소리
더러 예쁜 노래로 들리기도 한답니다
누군가와 나누려고 하는 말들은
질려요 이제

할수록 헛발질만 커지는 말 말들
우리말사전이 두꺼울수록
당신들과 더 멀어지던 아픔을 기억해요
나의 사전은 이사온 뒤
나날이 얇아지고 있어요
우리말사전이 한 페이지 될 때까지
나의 위로가 완성될 때까지

이문세의 노래를 들으며

탱글탱글한 봄볕에 닿아
스스로 그늘을 다 말린
빨래를 걷어 갠다
이문세의 노래를 들으며
'덕수궁 돌담길 조그만 교회당' 같은
4월의 어린 물고기 같은
뽀송뽀송한 빨래를 갠다
귀 맞추어 개어 가지런히 쌓는다
세면실 서랍에 쟁여 넣다가 창틈
하늘귀 가만히 올려다보면
얼마나 먼 봄날이 남아 있을까
꽃들은 저리 환한데
'이제 모두 세월따라 흔적도 없이'
이문세의 노래를 들으며 간절하게
아, 누가 날 좀
가지런가지런 개어 주셔요
나를 좀 빨고, 널고, 개어서
어여삐어여삐 쟁여 넣어 주셔요
늦은 저녁엔 어둔 서랍에서 나와
가끔 사랑하는 당신의 젖은 몸을 닦으며

70

이문세의 노래를 들으며

탱글탱글한 봄볕에 닿아
스르르 그늘을 다 말리
빨래를 걸어 간다
이문세의 노래를 들으며
'덕수궁 돌담길 조그만 꼬리탕' 같은
4월의 어린 풀꽃이 같은
뽀송뽀송한 빨래를 갠다
귀맞추어 개어 가지런히 쌓는다
세면실 서랍에 쟁여넣다가 잠을
하늘귀 까꾼히 올려다보면
얼마나 먼 봄날이 남아있을까
꽃들은 저리 환한데
'이제 모두 세월따라 흔적도 없이'
이문세의 노래를 들으며 간절하게
아, 누가 날 좀
가지런가지런 개어주셔요
나를 좀 빨고, 널고, 개어서
어여삐어여삐 쟁여넣어주셔요
늦은 저녁엔 어둔 서랍에서 나와
가끔 사랑하는 당신의 젖은봄을 닦으며

삶

빈 의자
하나
남기는 일

삶

빈 의자
하나
남기는 일

병

바람도 불지 않는데
놀빛 저리 고운데
백련산 솔숲가에 혼자 앉아서
성게 한 마리 사나 봐 내 심장 속
가시에 찔릴 때마다
심장에서부터 먼 변방까지
아, 입을 쩍 벌린다
대체 이게 무슨 병인가

병

바람도 불지않는데
놀빛 저리 고운데
백련산 솔숲가에 혼자앉아서
성게 한마리 새나봐 내심장속
가시에 찔릴 때마다
심장에서부터 먼 변방까지
아, 입을 쩍 벌린다
대체 이게 무슨 병인가

겨울아침

허리협착증 아내를 병원에 보내고서
아침 설거지를 하다말고
바람 찬 마당가로 나와 담배를 편다
밤톨같은 햇빛 속 참새떼가 쫑쫑쫑
마당의 잔설을 뒤집고 있다
너희들은 어느 길로 예까지 순거니
참새들은 노숙구멍이 없다
길이 어두울 때는 머물러
참새들의 마른풀이 되는 것도 좋은 일
괜시리 눈물이 툭 담배꽁초로 떨어지면
참새떼 우르르 흩어져 날아가고
아내참, 부엌으로 구부러져 돌아와
아침으로 먹은 닭죽냄비를 또 씻는다
눌은 냄비의 부식된 외부에
눌러붙은 닭의 부서진 살점들
철수세미로 빡빡빡 문질러 들고나와
참새떼 아침밥으로 흩뿌려주고 나서
시린 눈 들어 다시 볼 적에
아하, 햇빛보다 더 하얗다

중심이 본래 따로 있을까
아내가 도심의 정형외과 어느 구석방
아우성의 문턱을 넘어갈 무렵
세상의 중심으로 가는 길을 내려고
젖은 냄비 앙세게 들고 서서 나는,
저것 봐 아침햇살들
초목 옆에서 자란 어느 소녀가
밤새 사랑으로 쓴 펜글씨 같아

겨울아침

허리협착증 아내를 병원에 보내고 나서
아침 설거지를 하다 말고
바람 찬 마당가로 나와 담배를 핀다
백골 같은 햇빛 속 참새떼가 쫑쫑쫑
마당귀 잔설을 뒤집고 있다
너희들은 어느 길로 예까지 온 거니
참새들은 노소 구별이 없다
길이 어두울 때는 머물러
참새들의 마른 풀이 되는 것도 좋은 일
괜시리 눈물이 툭 담배필터로 떨어지면
참새떼 우르르 흩어져 날아가고
아이참, 부엌으로 구부러져 돌아와
아침으로 먹은 닭죽냄비를 또 씻는다
늙은 냄비의 부식된 피부에
눌러붙은 닭의 부서진 살점들
철수세미로 빡빡빡 문질러 들고 나와
참새떼 아침밥으로 흩뿌려주고 나서
시린 눈 들어 다시 본 허공
아하, 햇빛보다 더 하얗다

중심이 본래 따로 있을까
아내가 도심의 정형외과 어느 구석방
아우성의 문턱을 넘어갈 무렵
세상의 중심으로 가는 길을 내려고
젖은 냄비 앙세게 들고 서서 나는,
저것 봐 아침햇살들
초목 옆에서 자란 어느 소녀가
밤새 사랑으로 쓴 펜글씨 같아

오늘

먼 훗날에도 오늘을 기억하고 싶어요
2018년 정월 초이튿날
채운산과 옥녀봉 사이
여기 금강의 수더분한 몸빛
오래전 떠났던 그 강물
다시 베고 누워
오늘은 청년작가 그를
온전히 바다 끝으로 보내고
어머니, 저 여기 돌아와 누워 있어요
강경읍 보성아파트 1412호
얼마나 더 많은 모서리를 지나야
사람이 사랑이 되는 걸까요
아우성 꽉 찬 싸가지세상이라도
사는 일 물에 떠내려가는
한 장 낙엽이라 여기지 않을 거예요
스무 살이었던가 떠날 때 보았던
강경역사驛舍 이마 위의 가령 이런 경구
닦고, 조이고, 기름치고.
아 그리고 어머니

오늘

먼 훗날에도 오늘을 기억하고 싶어요
2018년 정월 초이틀날
채운산과 옥녀봉 사이
여기 금강의 수더분한 물빛
오래전 떠났던 그 강물
다시 베고 누워
오늘은 청려장아 그를
온전히 바다 끝으로 보내고
어머니, 저 여기 돌아와 누워 있어요
강경읍 봉성아파트 1412호
얼마나 더 많은 모서리를 지나야
사람이 사랑이 되는 걸까요
아우성 꽉 찬 싸가지세상이라도
사는 일 물에 떠내려가는
한 장 낙엽이라 여기지 않을 거예요
스무 살이었던가 떠날 때 보았던
강경역사 뒤솔 이파리의 가령 이런 정구
닦고, 조이고, 기름치고.
아 그리고 어머니

아나키스트

네가 초여름 신록일 때
나는 늦가을 저문 강을 건넌다
화려한 여름은 잿빛 향로에 담고
휑뎅그레 빈 숲에서
그래도 이제 길을 안다고
시간은 직선이 아니라 원형이라고
우리 다시 만날 수 있다고 짐짓 우기면서
너의 오동통한 노래를 쫓아가는
9번 출구 밖 어둑신한 골목길
울근불근 가을강 건너려다 말고
요지부동 저무는 슬픔을 여미고 나면
나는 여전히 청무 같은 무정부주의
찰나의 황홀을 열어 비로소 자유롭다

아나키스트

네가 초여름 신록일 때
나는 늦가을 저문 강을 건넌다
화려한 여름은 잿빛 향로에 담고
훼덴그레 빈 숲에서
그래도 이제 길들 안다고
시간은 직선이 아니라 원형이라고
우리 다시 만날 수 있다고 짐짓 우기면서
너의 인동통한 노래를 쫓아가는
9번출구 밖 어둑신한 골목길
울긋불긋 가을강 건너려다말고
요지부동 저무는 슬픔을 데리고나면
나는 여전히 청부 같은 무정부주의
찰나의 황홀을 열어 버린 자유롭다

느낌표

본래 느낌표로 태어났지만
느낌표와 물음표 사이에 살았네 너는
위험한 양다리
느낌표로 살면 일찍 죽는다면서

그러나 보아라 흰 목련은
쉽게 스러지나 기어코 창공이 되고
푸른 강은 가만히 흐르지만 창해에 닿네
엿먹어라 너의 물음표

보이스피싱의 세계를 등지고
슬픔과 성냄과 어둠을 박차고 나와
깊은 밤 거울 앞에 서면
여전히 너는 나 홀로 느낌표

불타는 살점들을 건디면서
한낮의 허공을 건너면서
지금 향기로운 너의 검은 뼈를 보네
힘찬 눈물 느낌표 하나

느낌표

본래 느낌표로 태어났지만
느낌표와 물음표 사이에 살았네 너는
위험한 양다리
느낌표로 살면 일찍 죽는대면서

그러나 보아라 흰 목련은
쉽게 스러지나 기어코 창공이 되고
푸른 강은 가만히 흐르지만 창해에 닿네
멋떡어라 너의 물음표

보이스피싱의 세계를 등지고
슬픔과 성냄과 어둠을 박차고나와
깊은 밤 거울 앞에 서면
여전히 너는 나를로 느낌표

불타는 살점들을 건디면서
한낮의 허공을 건너면서
지금 향기로운 너의 검댕뼈를 보네
힘찬 눈물 느낌표 하나

정체성 2

이쪽과 저쪽
너와 나,는

질렸다
조팝나무 흰꽃이 우주의 중심이듯

내가 환하면
온 세상이 환해지는데

정체성 2

이쪽과 저쪽
너와 나,는

질렀다
조팝나무 흰꽃이, 우주의 중심이듯

내가 환하면
온 세상이 환해지는데

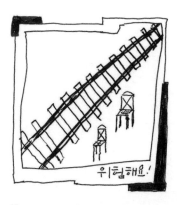
위험해요!

곰팡이

남의 집 울 안으로 넘어간
살구나무 가지를 자르고나서
추녀 밑 그늘에 앉아 백화수복 마신다
딸이 월급 받아 사다 준

크게 소문 낼 일은 아니지만
내 귓구멍에 곰팡이가 산다
이놈들 시시때때 낮은포복으로 진군하면
가려워 나는 비명을 지른다
파낼수록 진물이 막 흐르고

어디 계신가 씨원씨원
말이 통하는 당신을 만날 수 있었다면
내가 왜,
허공에 대고 수만 장 글을 썼겠는가

흔들리는 살구나무 잎새 끝에서
하늘은 저리 푸르러서 하늘인가
내 안의 말들이 쌓이면 곰팡이가 되고
내 안의 하늘이 쌓이면 부처가 되겠지만

곰팡이

남의 집 울안으로 넘어간
살구나무 가지를 자르고나서
추녀 밑 그늘에 앉아 백화수복 마신다
딸이 월급 받아 사다 준

크게 소문낼 일은 아니지만
내 뒷꾸멍에 곰팡이가 산다
이놈들 시시때때 낮은포복으로 진군해면
가려워 나는 비명을 지른다
파낼수록 진물이 막 흐르고

어디계실까 씨원씨원
말이 통하는 당신을 만날 수 있었다면
내가 왜,
허공에 대고 수만 장 글을 썼겠는가

흔들리는 살구나무 잎새 끝에서
하늘은 저리 푸르러서 하늘인가
내 안에, 말들이 쌓이면 곰팡이가 되고
내 안에 하늘이 쌓이면 부처가 되겠지만

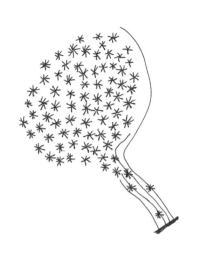

가시

나이 먹는 거
제 몸속에 남몰래
가시를 쟁이는 일이지
비 오는 날 홀로 고개 들면
더러 그 가시들이 생살 뚫고 나와
물에 젖는 걸 본다네
에푸수수한 경계의 모서리들
창 너머 백일홍 저리 무심한데
그렇고말고 사랑은 겨우
가시를 쟁여
쪼코렛복근 맷집을 만드는 일
지운 편지함에 백골 흰빛으로
당신이 누워있는 걸 보는 일
오늘도 나직나직
빗소리에 젖어

가시 1

나이먹는 거
제 몸속에 남몰래
가시를 재이는 일이지
비오는 날 홀로 고개 들려
더러 그 가시들이 생살 뚫고나와
물에 젖는 걸 보다니
애푸수수한 경계의 모서리들
창 너머 백일홍 저리 무심한데
그렁끄랗고 사랑은 겨무
가시를 재여
쪼코렛 봉근 맷집을 만드는 일
지운편지함에 비벽물 킬월으로
당신이 누워 있는 걸 보는 일
오늘도 나직나직
빗소리에 젖어

새털구름

호수는 더 넓어지려고 산을 깎고
강은 더 멀리 가려고 땅을 무찌른다

나이는 죄가 많다

새털구름

호수는 더 넓어지려고 산을 깎고
강은 더 멀리가려고 땅을 무지른다

나이는 죄가 많다

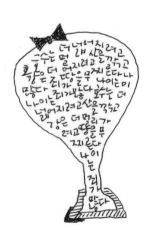

질경이

이제 나이가 드는가

여름이 무섭다
세상의 모든 비밀을
학살하며 밀려드는 점령군
저 여름햇빛

나는 이제 자애롭게 몸을 낮추어
하얀 신작로의 주인이 되려 한다
탐貪-진瞋-치癡의 쇠바퀴들
깔고 밟고 지나가도

본래의 그 바람으로 남으려 한다
남부끄럽지 않게 혼자 일어서고
길이 끊어지는 한밤중
남몰래 등불을 켜는

노인이 되려 한다
화석이 아니라 처음의
그 바람이 되려 한다 이제 나는

질경이

이제 나이가 드는가

여름이 무섭다
세상의 모든 비밀을
학살하며 밀려드는 점령군
저 여름햇빛

나는 이제 자애롭게 몸을 낮추어
하얀 신작로의 주인이 되려한다
탐貪—진瞋—치癡의 쇠바퀴들
깔고 밟고 지나가도

본래의 그 바람으로 남으려한다
남부끄럽지 않게 혼자 일어서고
길이 끊어지는 한밤중
남몰래 등불을 켜는

노인이 되려 한다
화석이 아니라 처음의
그 바람이 되려한다 이제 나는

흑맥주를 마시며

비 오는 공주역 KTX716열차 3호 7D석에 앉은
아내가 플랫폼에 선 내게 어서 들어가요, 수줍게
손짓을 보내는 양이 피에로의 무언극 같아 가슴
속 젖은 잎새들이 몸을 뒤채고 들까분다 늙을수록
왜 이리 강이 깊어지는지 모르겠다 강경읍 보성
아파트 1412호로 혼자 되돌아오는 길은 된바람
물안개가 여름숲보다 무성하다 왕갈비탕
한그릇값을 아끼려고 굳이 고속버스를 탄다는 아내를
갖은 말로 달래서 KTX에 태워보낸 건 참 잘했다
혼자 있어도 밥 굶지 말아요, 냉장고 안에서 아내가
끓여둔 쑥국이 하는 말 듣지 못할 바는 아니나 쑥국보다
먼저 흑맥주 한 캔을 열어 달게 비운다 세월에
달여진 핏물 같은 맛이구나 달고 시고 쓰다 애시당초
길을 알고 떠난 자가 누구이고 애시당초 사랑의 끝을
알고 만난 이가 누구이겠는가 비가 오면 봄꽃들조차
골마리까지 속절없이 젖고 허공으로 난 바람길 또한
제 몫몫 향기롭게 깊어질진대 가고 오는 게 다 그것
들의 나부낌에 지나지 않을 터이다 오랜 분열도
견뎌낸 씨앗의 당찬 정적으로 이제 우리
이만큼이나마 여물었으니

흑맥주를 마시며

비 오는 공주역 KTX 716열차 3호 7D석에 앉은 아내가 플랫폼에 선 내게 어서 들어가요, 수줍게 손짓을 보내는 양이 피에로의 무언극 같아 가슴 속 젖은 잎새들이 몸을 뒤채고 들까분다 늙을수록 왜 이리 강이 깊어지는지 모르겠다 강경읍 본성아파트 142호로 홀자 되돌아오는 길은 된바람 물안개가 여름숲보다 무성하다 오늘같이랑 한 그릇값을 아끼려고 굳이 고속버스를 탄다는 아내를 같은 말로 달래서 KTX에 태워보낸 건 참 잘했다 혼자 있어도 밥 굶지 말아요, 냉장고 안에서 아내가 끓여둔 쑥국이 하는 말 듣지못할 바는 아니나 쑥국보다 먼저 흑맥주 한 캔을 열어 달게 비운다 세월에 덜여진 피물 같은 맛이구나 달고 시고 쓰다 애시당초 길을 알고 떠난 자가 누구이고 애시당초 사랑의 끝을 알고 만난 이가 누구이겠는가 비가 오면 봄꽃들조차 골마리까지 속절없이 젖고 허공으로 난 바람길 따라 제 뭇몸 향기롭게 깊어질진대 가고 오는게 다 그것들의 나부낌에 지나지 않을 터이다 오랜 분열도 견뎌낸 씨앗의 당찬 정적으로 이제 우리 이만큼이나마 여물었으니

우울

네가 나를 통째 삼키려 하지만
나는 고슴도치
몸을 오그리고 누워
너를 견딘다
너는 소소한 근원에 불과하다
너를 견디면
키가 자란다
더 큰 근원에게
내 키가 닿으면
나는 비로소 나라고
말할 수 있다
비듬을 털어내면서
손톱을 깎으면서
더 맑은 눈물로
너를 견디고
오늘 너의 높은 중심에
들어간다 나에게

우울

네가 나를 통째 삼키려하지만
나는 고슴도치
몸을 오그리고 누워
너를 견딘다
너는 소소한 권원에 불과하다
너를 견디면
키가 자란다
더 큰 권원에게
내 키가 닿으면
나는 비로소 나라고
말할 수 있다
비듬을 털어내면서
손톱을 깎으면서
더 많은 눈물로
너를 견디고
오늘 너의 높은 중심에
들어간다 나에게

안부

기어코 다시 봄은 왔는가
봄꽃들 천군만마로 짓쳐들어오는데
깊은 밤 혼자 엎드려 나는
살아서 이루기 어려운 꿈
오늘 이렇게 안부를 묻나니
당신, 잘 살고 있지?
우리, 바르게 걸어온 거 맞지?
요즘은 자주 긴 꿈을 꾼다네
스토리가 부서져 있는 꿈
어떤 조각에서 내 청춘은
거북등처럼 갈라져가고
어떤 조각에서 당신은
내 창 밑을 막 떠나는 중이야
젊은 어깃장으로 돌아앉은
잘 가라, 분별 없는 청춘이여
산벚꽃잎 소낙비로 져 내리는
먼 봄날 환한 산벚꽃 그늘에 서서
하릴없이 화를 내고 떠나는 내게
아직껏 손을 흔들고 있는 당신

안부

기어코 다시 봄은 왔는가
봄꽃들 천군만마로 짓쳐들어오는데
깊은 밤 홀자 열드레 나눈
살아서 이루기 어려운 꿈
오늘 이렇게 안부를 묻나니
당신, 잘 살고있지?
우리, 바르게 걸어온거 맞지?
요즘은 자꾸 긴 꿈을 꾼다네
스토리가 부서져 있는 꿈
어떤 조각에서 내 청춘은
거북등처럼 갈라져가고
어떤 조각에서 당신은
내 창 밑을 막 떠나는 중이야
절망은 여기쯤으로 돌아앉을
잘가라, 분별없는 청춘이여
산벚꽃잎 소낙비로 져내리는
먼 봄날 환한 산벚꽃 그늘에 서서
하릴없이 화를 내고 떠나는 내게
아직껏 손을 흔들고 있는 당신

그 너머 피아노학원이었던가
파와 솔 사이
반복적으로 딱 반음이 틀리다던
체르니연습곡 한소절을 회상하며
미안해 미안해 미안해
많이 늦었지만 이제 알겠네
조성법 반음이 틀리게 피아노를 쳐온 건
당신의 순정한 세상이 아니라
나, 나의 난분분한 봄날이었다는 거
나, 나의 난분분한 지랄이었다는 거
파와 솔 사이
세월 따라 구부러지게 흐르면서
어리석어라 지금도 봄볕 속에서
딱!
반음이 틀리게 건반을 두드리는
나의 하루 이틀 사흘
다시 나의 하루 이틀 사흘

그 너머 피아노학원이었던가
파와 솔 사이
반복적으로 딱 반음이 틀린다던
체르니 연습곡 한 소절을 회상하며
미안해 미안해 미안해
많이 늦었지만 이제 알겠네
평생 반음이 틀리게 피아노를 쳐온 건
당신의 순정한 세상이 아니라
나, 나의 난분분한 봄날이었다는 거
나, 나의 난분분한 지향이었다는 거
파와 솔 사이
세월 따라 구부러져 흐르면서
어리석어라 지금도 봄볕 속에서
딱!
반음이 틀리게 건반을 두드리는
나의 하루 이틀 사흘
다시 나의 하루 이틀 사흘

비 오는 날

기차가 떠나고 플랫폼에
혼자 남아 우두커니 서 있다

목숨이 이런 건 줄 몰랐다

비오는 날

기차가 떠나고 플랫폼에
혼자 남아 우두커니 서 있다

목숨이 이런건 줄 몰랐다

목숨이 이런건줄 몰랐다.
우두커니.

세2계
─산티아고 순례길에서

드높은 철십자가 밑을 지나
좁은 협곡을 내려오다가
아세보 너른 산등에 엎드려 그만
혼자 울었네 이베리아 반도의
눈 밝은 햇빛이 네 등짝에서 떠나가고
청춘이 떠나가고
사랑이 떠나가고
문학이 나를 떠나가고
내가 문학을 떠나왔으니
혼자 엎드려 오래 울었네
아무도 영 영
돌아오지 않아서 울었네
가도가도 길은 끝나지 않는데
길 길이 없어서 나는 울었네
문장들이 줄지어 내게로 스며들고
내가 그것들에게 활강滑降으로 흘러가
어둡고 환한 골방에서
우리가 매일밥 한몸이 되던
반 세기 밤낮이 그리워 울었네

헛것들이었던가 하고 울었네
길이 아니었던가 하고 울었네
떠나간 햇빛 떠나간 청춘은 오지않고
떠나간 사랑 떠나간 문학도 오지않고
문학에서 떠나간 나도 아마
돌아오지 않으련만
영 영 오지않는 것들이
아직도 하 사무쳐서 울었네
남는 목숨이 부끄러워 울었네

세례
-산티아고 순렛길에서

드높은 철십자가 밑을 지나
좁은 협곡을 내려오다가
아세보 너른 산등에 엎드려 그만
혼자 울었네 이베리아반도의
눈 밝은 햇빛이 내 등짝에서 떠나가고
청춘이 떠나가고
사랑이 떠나가고
문학이 나를 떠나가고
내가 문학을 떠나왔으니
혼자 엎드려 오래 울었네
아무도 영 영
돌아오지 않아서 울었네
가도가도 길은 끝나지 않는데
갈 길이 없어서 나는 울었네
문장들이 줄지어 내게로 스며들고
내가 그것들에게 활강滑降으로 흘러가
어둡고 환한 골방에서
우리가 매일 밤 한 몸이 되던
반세기 밤낮이 그리워 울었네

헛것들이었던가 하고 울었네
길이 아니었던가 하고 울었네
떠나간 햇빛 떠나간 청춘은 오지 않고
떠나간 사랑 떠나간 문학도 오지 않고
문학에서 떠나간 나도 아마
돌아오지 않으련만
영 영 오지 않는 것들이
아직도 하 사무쳐서 울었네
남은 목숨이 부끄러워 울었네

옛꿈

누가 따라오잖아 깊은 밤
어스레한 골목길 돌아들 때
먼 곳에서 봄눈 내리는 소리 혹 들리거든
돌아봐, 검은 베일로 얼굴 가리고
기우뚱기우뚱 당신을 쫓아오는
저기 저 성긴 물혹들
옛꿈의 유령
지난 겨울 어느 집 추녀 밑에
무심코 떨어뜨리고 온
피 묻은 살점 하나
속눈썹 하나
봄은 또 온다는데
아우성치는 자갈밭을 지나와
햇빛 아래 앙바틈 돌아앉아
사랑은 눈물보다 희다면서
발뒤꿈치 굳은살 떼어내다 말고
먼 바다 물새들 힘찬 날갯짓
돌아봐 누이야, 오늘도
봄꽃들 소담소담 벙글어지는 소리

옛꿈

누가 따라오잖아 깊은 밤
어스레한 골목길 돌아들 때
먼 곳에서 봄눈 내리는 소리 혹 들리거든
돌아보라, 검은 베일로 얼굴 가리고
기우뚱기우뚱 당신을 쫓아오는
저기 저 서성간 물혹들
옛꿈의 유령
지난 겨울 어느 집 추녀 밑에
무심코 떨어뜨리고 온
피묻은 살점 하나
속눈썹 하나
봄은 또 온다는데
아우성치는 자갈밭을 지나와
햇빛 아래 양바틈 돌아앉아
사랑은 눈물보다 희다면서
발뒤꿈치 굳은 살 떼어내다말고
먼 바다 물새들 캄캄 날갯짓
돌아보라 누이야, 오늘도
봄꽃들 소담소담 방글어지는 소리

눈물

아, 달고 시고 쓰고 짠 눈물이여
어디에서 와 어디로 흐르는가
당신이 떠나고 나는 오래
혼자 걸었네
먼 강 흰 물소리는 가슴에 사무치고
나는 깨닫네 사는 건 다만
나직나직 흐르는 일
그리움 씻어 하얗게 될 때까지
눈물을 씻어 푸르게 될 때까지
이제 알겠네 사랑은 다만
도란도란 함께 빛나는 일
아, 달고 시고 쓰고 짠 눈물이여
인생이여
　　　　　　　-소설 「소금」에서

눈물

아, 달고 시고 쓰고 짠 눈물이여
어디에서 와 어디로 흐르는가
당신이 떠나고 나는 오래
혼자 걸었네
먼 강 흰물소리는 가슴에 사무치고
나는 깨닫네 사는 건 다만
나직나직 흐르는 일
그리움 씻어 하얗게 될 때까지
눈물을 씻어 푸르게 될 때까지
이제 알겠네 사랑은 다만
도란도란 함께 빛나는 일
아, 달고 시고 쓰고 짠 눈물이여
인생이여

　　　　　―소설 「소금」에서

주름

거울 속의 나를 가만히 들여다본다
가로 놓인 길들과 세로 놓인 길들
어떤 길은 휘어져 흐르고
어떤 길은 지금 막 생겨나고 있다

출발지는 지워지고 지난 역들은 흐릿한데
내일 또다시 가야할 지선支線들과
종착역의 표식은 어제보다 선연하다
멈추는 순간 없이 매일 진화하는 길

거울 속에 표구된 기억의 지도엔
햇빛이 나고 비가 내리고
더러 바람 부는 젖은 풀밭
그 길에선 여전히 기적은 울리지 않는다

지나온 역은 바래서 풍경화가 되고
다가오는 역은 뚜렷해져 몰인정한 오늘이 된다
진입해도 됩니다 어느 간이역 어귀
철크덕, 시그널이 지금 내려앉는 소리

주름

거울 속의 나를 가만히 들여다본다
가로 놓인 길들과 세로 놓인 길들
어떤 길은 휘어져 흐르고
어떤 길은 지금 막 생겨나고 있다

출발지는 지워지고 지난 역들은 흐릿한데
내일 다시 가야할 지선 철로들과
종착역의 풍식은 어제보다 선연하다
멈추는 순간 없이 매일 진화하는 길

거울 속에 튼튼한 기억의 지도엔
햇빛이 나고 비가 내리고
더러 바람 부는 젖은 풀밭
그 길에서 여전히 기적을 울리지않는다

지나온 역은 바래서 풍경화가 되고
다가오는 역을 또렷해져 몰입시간 오늘이 된다
진입해도 됩니다 어느 간이역 어귀
철크덕, 시간들이 지금 내려앉는 소리

가을날

누군가의 이름을 불러보고 싶다
변두리 먼지 낀 북경반점에서
매운 짬뽕에 말없이 코를 박은
샤시집 일꾼 서넛과 비켜앉아
혼자 5천 원짜리 자장면을 먹다가
갑자기 후두둑 눈물이 떨어질 때
누군들 그런 날이 없을까마는

가끔은 길가 버려진 폐타이어 위
먼 바위처럼 앉은 채
오래전 산발치 강가에서 노래하던
숙아, 너는 무엇으로 견디느냐,
문득 생떼처럼 뜨거워질 때
누군들 또 그런 날이 없을까마는

어느 저녁 남풍이 불어와
오랜만 마주 앉아 조금 수줍어하며
괜찮아 입가에 좀 묻어도 괜찮아
우리 서로가 한 그릇 자장면이 될 때
누군들 또또 그런 날이 없을까마는

가을날

누군가의 이름을 불러보고 싶다
변두리 먼지 낀 북경반점에서
매운 짬뽕에 말없이 코를 박은
샐러리맨 일군 서넛과 비껴앉아
혼자 5천원 짜리 자장면을 먹다가
갑자기 후두둑 눈물이 떨어질 때
누군들 그런 날이 없을까마는

가끔은 길가 버려진 폐타이어 위
먼 바퀴처럼 앉은 채
오래 전 산밭치 강가에서 노래하던
숙아, 너는 무엇으로 견디느냐,
문득 생애처럼 뜨거워질 때
누군들 또 그런 날이 없을까마는

어느 저녁 남풍이 불어와
오랜만에 마주앉아 조금 수줍어해도
괜찮아 입가에 좀 묻어도 괜찮아
우리 서로가 한그릇 자장면이 될 때
누군들 또또 그런 날이 없을까마는

어디선가 갓난쟁이 칭얼대는 소리
두런두런 도래상 사기종발에
젓가락 부딪치는 소리 들리면
북경반점 빈지문 앙바튼한 틈새로
저기 어머니 살아서 돌아오시네

사는 일에 어디 하이웨이가 있을라고
자장면 면발 굽은 길을 앞니로 끊고
자장면 검은 외옥은 속울대로 넘기고
카, 맹물로 입안 한번 부시고 일어나
나는 지금 고향길 억새밭으로 간다네

삼등열차 어스레한 불빛으로 서서
들까부는 자말길 질겅이로 엎드려서
세월일랑 때깔좋은 계란말이로 붙이며
어머니 오늘도 카랑카랑
소풍날 도시락 싸시며 말씀하시네

이니라, 부뚜막 환하면 되는거지
부엌이 우물을 봉받으면 되는거지
네가 세상과 환통이면 되는거지

어디선가 갓난쟁이 칭얼대는 소리
도란도란 도래상 사기종발에
젓가락 부딪치는 소리 들리면
북경반점 빈지문 앙바틈한 틈새로
저기 어머니 살아서 돌아오시네

사는 일에 어디 하이웨이가 있을라고
자장면 면발 굽은 길은 앞니로 끊고
자장면 검은 오욕은 목울대로 넘기고
캬, 맹물로 입안 한 번 부시고 일어나
나는 지금 고향길 억새밭으로 간다네

삼등열차 어스레한 불빛으로 서서
들까부는 자갈길 질경이로 엎드려서
세월일랑 때깔 좋은 계란말이로 붙이며
어머니 오늘도 카랑카랑
소풍 날 도시락 싸며 말씀하시네

이노마, 부뚜막 환하면 되는 거지
부엌이 우물을 본받으면 되는 거지
네가 세상과 한통이면 되는 거지

별 1

오늘이 제일 멀어요
어제보다 먼 어제가 가깝고
내일보다 먼 내일이 더 가까운데
글쎄 오늘이 제일 멀어요
그게 단 하나 나의 슬픔이지요
만약 내가 오늘이라면
그대를 여기 두고
그럼요 내일로 가지 않겠어요
그냥 여기 오늘에 소속되어
어느 해변가
바람 부는 간이역
덜컹거리는 신호기 같은 별

별 1

오늘이 제일 멀어요
어제보다 먼 어제가 가깝고
내일보다 먼 내일이 더 가까운데
글쎄 오늘이 제일 멀어요
그게 단 하나 나의 슬픔이지요
만약 내가 오늘이라면
그대를 여기 두고
그럼요 내일로 가지 않겠어요
그냥 여기 오늘에 소속되어
어느 해변가
바람 부는 간이역
덜커거리는 신호기 같은 별

허공이 하는 말

반은 밝고 반은 어두운
나무 한 그루
오래된 거리 모퉁이길에서
두리번두리번 혼자 서 있었네
죄를 싫지않아 하고
아직 길을 몰라 어두웠던게지
남몰래 너의 등 뒤로 가
따뜻한 장(場)가 되고싶었네
그대는 몰랐어 시간이 모든 걸
허공으로 만든다는 거
네가 이윽고 정오의 바다로 나아갈때
나는 노래 따라 강물 따라
급격히 부서져 허공이 되었다네
허공이 되어
허공에 기대서서
나는 오늘밤 기쁜듯 슬프게 듣네

한낮으로 가는 분주한 네 발작소리
언 강이 풀려 슬그머니
산발치 떠나는 소리
잘가라 젊은나무야 뒤돌아보지 마
너는 여기에서 한창
더 오래 영롱해야 돼
저것봐 나무는
허공을 뚫고나가면서 키가 크는걸

허공이 하는 말

반은 희고 반은 어두운
나무 한 그루
오래된 거리 모퉁이길에서
두리번두리번 혼자 서 있었네
죄를 쌓지 않아 희고
아직 길을 몰라 어두웠던 게지
남몰래 너의 등뒤로 가
따뜻한 지도가 되고 싶었네
그때는 몰랐어 시간이 모든 걸
허공으로 만든다는 거
네가 이윽고 정오의 바다로 나아갈 때
나는 노래 따라 강물 따라
급격히 부서져 허공이 되었다네
허공이 되어
허공에 기대 서서
나는 오늘 밤 기쁜 듯 슬프게 듣네

한낮으로 가는 분주한 네 발작소리
언 강이 풀려 슬그머니
산발치 떠나는 소리
잘 가라 젊은 나무야 뒤돌아보지 마
너는 여기에서 한창
더 오래 영롱해야 돼
저것 봐 나무는
허공을 뚫고 나가면서 키가 크는걸

그것

지나온 길에 소중한 뭘 떨어뜨리고 온 거 같은데
그것이 뭔지 모르겠다 길가엔 벌써 봄풀이 자라고
꽃들이 피었다 되돌아갈까 말까 하다가 물가에
퍼져 앉아 햇빛처럼 흰 담배를 피운다 너무
오래 너무 멀리 걸어왔구나 잃어버린 그것은
무엇일까 그것의 귀티를 누가 알아보기나 할까
어느 풀섶의 바람 속 혼자 핀 산벚꽃 그늘에서
가만가만 썩어 네가 스스로 강물 되면 참말
좋겠다 더러 쓸쓸하기도 하겠지만

그것

지나온 길에 소중한 뭘 떨어뜨리고 온 거 같은데
그것이 뭔지 모르겠다 길가엔 벌써 봄풀이 자라고
꽃들이 피었다 되돌아갈까말까 하다가 물가에
퍼져 앉아 햇볕처럼 큰 담배를 피운다 너무
오래 너무 멀리 걸어왔구나 잃어버린 그것은
무엇일까 그것의 귀티를 누가 알아보기나 할까
어느 풀섶의 바람 속 혼자 핀 산벚꽃 그늘에서
가만가만 썩어 네가 스스로 강물되면 참말
좋겠다 더러 쓸쓸하기도 하겠지만

노화老化

늙어, 추억의 길로 가지 마셔요
그곳의 저녁은 모두 내리막길이어요
한 시절 오색향기는 남아 있지 않아요
모든 길이 기울어져 있지요
모든 건물이 비스듬 눕고
모든 사람이 기우뚱기우뚱 걸어요
내리막 어둔 골목에 들어서면
발과 무릎이 다단계로 지워지고
허리토막은 모래처럼 흘러내려요
마지막으로 덜컹덜컹 굴러가는
풍화가 더딘 저 머리통들
아무개로 살다가 보통명사가 되고만
폐기품목 번호표가 부착된
아이참, 쭈그러든 투구들 좀 보셔요
길 끝 벼랑까진 순간이지요
소멸이 아름답다는 속임수와
비우면 평화롭다는 기만에 주의할 것
경고, 발이 쓰윽,
무릎 허리 가슴 어깨가 쓰윽,
머리통마저 쓰윽 지워지고 말면
기웃한 어둠의 덩어리만 남지요
안팎이 없는 무채색의 덩어리
하아, 추억의 길이 본래 그렇답니다
부디, 서둘러 그 길로 가지 마셔요

노화순서

늙어, 추억의 길로 가지마셔요
그곳의 저녁은 모두 내리막길이어요
한시절 오색향기는 남아있지 않아요
모든 걸이 기울어져 있지요
모든 건물이 비스듬 눕고
모든 사람이 기우뚱기우뚱 걸어요
내리막 어둔 골목에 들어서면
발과 무릎이 다단계로 지워지고
허리로막우 모래처럼 흘러내려요
마지막으로 덜컹덜컹 굴러가는
풍화가 더딘 저 머리통들
아무개로 살다가 보통명사가 되고만
폐기품목 번호표가 부착된
아이참, 자주그러듯 투구틈좀 보여요
길 끝 벼랑까진 순간이지요
석양이 아름답다는 속임수라
비우면 평화롭다는 기만에 주의할 것
경고, 발이 스윽,
무릎 허리 가슴 어깨가 스윽,
머리힘내저 선속 지워지고 딸보기
기웃한 어둠의 덩어리만 남지요
앞짝이 없는 무채색의 덩어리
하아, 추억의 길이 본래 고봉합니다
부디, 서둘러 그 길로 가지마셔요

모시속곳

환한 울 엄니 모시속곳
오줌 누기 힘들었던 신부전증
강경읍 채산동 434번지
그해 여름 분토골 작은 방
울엄니 모시속곳 노랗게 젖고
내 손등 불거진 핏줄도
덩달아 따뜻이 젖고
어이고야, 나 괜기찮어!
울엄니 목소리 강물 되던 날
저도 뭐 괜기찮어유, 잘 먹고 댕겨유!
목청껏 대답하고 나면
저기 아가리 검푸른 호수
속 깊이 품은 꿈은 무엇일까
품은 게 있긴 있을까 하면서,
생각하면 그해 여름 어느 날
내 손등에 흐르던 따뜻한
숨결의 강물
울 엄니 모시속곳

모시속곳

환한 울엄니 모시속곳
오줌누기 힘들었던 신봉전증
강경읍 채산동 434번지
그해 여름 분토골 작은 방
울엄니 모시속곳 노랗게 젖고
내 손등 붉어진 핏줄들
덩달아 따뜻이 젖고
어이고 야, 나 괜기찮어!
울엄니 목소리 강물되던 날
저도 목거 괜기찮어유, 잘먹고 당겨유!
목청껏 대답하고나면
저기 아가리 검푸른 큰수
속깊이 품은 꿈은 무엇일까
품은 게 있긴 있을까 해면서,
생각해보건 그해 여름 어느 날
내 손등에 흐르던 따뜻한
숨결의 강물
울 엄니 모시속곳

깻잎을 털면서

태풍 중다리가 온다는 게 사실일까
아내와 함께 깻잎을 뜯다가
어쩌다 눈 마주쳐 눈엣말 나눌 때에도
나는 아내가 모르는 슬픔과 만난다
편지는 오지않는다
아내도 아내의 슬픔과 남몰래
더러 만나겠지만 나는
나의 슬픔에게 혼자 부끄럽다
슬픔이 평생 내게 준 힘은 크지만
내가 슬픔에게 준 위로는 작다
아내와 마주앉아 깻잎을 다듬다가
어쩌다 눈 마주쳐 실없이 웃을 때에도
우리 함께 웃는 게 맞을까 나는
나의 웃음에게 혼자 미안하다
웃음이 평생 내게 준 각성은 많지만
내가 웃음에게 준 감동은 작다
우편배달부는 아주 오래 전부터
물강스런 폭염에 갇혀있다

깻잎에 묻은 흙고물을 털다가 문득
누군가의 등짝에 묻은 흙고물같은
나는 아직
생의 한가운데 다다른 적이 없었다
편지는 여전히 오지않는다

깻잎을 털면서

태풍 종다리가 온다는 게 사실일까
아내와 함께 깻잎을 뜯다가
어쩌다 눈 마주쳐 눈엣말 나눌 때에도
나는 아내가 모르는 슬픔과 만난다
편지는 오지 않는다
아내도 아내의 슬픔과 남몰래
더러 만나겠지만 나는
나의 슬픔에게 혼자 부끄럽다
슬픔이 평생 내게 준 힘은 크지만
내가 슬픔에게 준 위로는 작다
아내와 마주 앉아 깻잎을 다듬다가
어쩌다 눈 마주쳐 실없이 웃을 때에도
우리 함께 웃는 게 맞을까 나는
나의 웃음에게 혼자 미안하다
웃음이 평생 내게 준 각성은 많지만
내가 웃음에게 준 감동은 적다
우편배달부는 아주 오래전부터
몰강스런 폭염에 갇혀 있다

깻잎에 묻은 흙고물을 털다가 문득
누군가의 등짝에 묻은 흙고물 같은
나는 아직
생의 한가운데 다다른 적이 없다
편지는 여전히 오지 않는다

哀 슬픔 **129**

인仁 한의원에서

허리협착증과 허리디스크가
쌍으로 누워 부항을 뜨는데

아내의 허리에서 솟아나는 검은 피
세 아이와 면도날 남자 짊어지고 오느라
먼 시간의 길섶에 함부로 떨어트린
기진한 꿈의 진액이구나

"있잖아, 난 한 번도 후회한 적 없어!"
앞날도 옛날도 잘라먹은 말 한마디
물리치료실 낡은 포장을 툭 건너오면
옆방에선 다르르륵 안마기 소리가 나고

지구를 받치고 설 만큼 좋은 허리였지
갓 건져낸 은갈치처럼
지켜내는 것이 아니라
바꿔가는 게 사랑이라 믿었던 나날

어느 한의원에서

허리협착증과 허리디스크가
쌍으로 누워 부항을 뜨는데

아내의 허리에서 솟아나는 검은 피
세 아이와 떠돌날 남자 짊어지고오느라
먼 시간의 길섶에 함부로 떨어트린
기진한 꿈의 진액이구나

"있잖아, 난 한번도 후회한 적 없어!"
알날로 멫날도 잘려려은 말 한마디
물리치료실 낡은 둡장을 툭 건너오며
옆방에서 다르르륵 안마기 소리가 나고

지구를 받치고 설만큼 좋은 허리였지
갓 건져낸 은갈치처럼
지켜내는 것이 아니라
바꿔가는 게 사랑이라 믿었던 나날

젊은 치료사의 봄날 같은 속눈썹 위로
아침빛 얹힌 걸 곁눈질로 보고나서
" 햇빛이 참 좋네"
포장 걷어 아내는 그새 잠이 들었는데

만약 내가 떠도는 샘물이라면
저 잠의 끝에서 먼 바다로 가야겠지
우리, 푸른 은갈치 허리에게
태평양도 지중해도 얹어놓고

들어올 때 신발을 나란히 두었던가
먼저 치료를 끝내고 아내 머리맡에 옮겨앉아
하루고 벗어둔 현관의 신발 사이에
힐끗, 은갈치떼 쏟아져 흐르는 걸 내다보면서

여보세요 거기 흰 신발 두켤레
가지런히 놔주세요 우리 곧 나갈거니까요

젊은 치료사의 봄날 같은 속눈썹 위로
아침빛 얹힌 걸 곁눈질로 보고나서
"햇빛이 참 좋네"
포장 건너 아내는 그새 잠이 들었는데

만약 내가 떠도는 샘물이라면
저 잠의 끝에서 먼 바다로 가야겠지
우리, 푸른 은갈치 허리에게
태평양도 지중해도 얹어놓고

들어올 때 신발은 나란히 두었던가
먼저 치료를 끝내고 아내 머리맡에 옮겨 앉아
함부로 벗어둔 현관의 신발 사이에
힐끗, 은갈치떼 쏟아져 흐르는 걸 내다보면서

여보세요 거기 흰 신발 두 켤레
가지런히 놔주세요 우리 곧 나갈 거니까요

오래전 강경역에서

너는 낡은 구두를 벗어 털고 있었고
나는 젊은 베르테르의 슬픔을 들고 있었다
그해 가을 강경역 플랫폼에서

너는 먼 남쪽바다로 떠났고
나는 완행열차에 붙들려 북쪽 큰도시로 갔다
햇빛을 모조리 불사르겠다면서

네가 거침없이 베링해 어둔 바다로 나아갈 때
나는 마장동 천변 쪽방에서 병을 앓고 있었다
자의식의 어스레한 불치병

네가 벼랑 사이 외딴 갈림길에서
비명 같은 젊은 목을 맬 때
나는 작가가 됐다는 신문사의 전화를 받았다

그것이 영원한 이별인 줄 알았는데
먼 시간 돌아와 너는 이제 햇살로 놀고
나는 여전히 자의식의 골방에 엎디어 있구나

좀 봐, 저기 저 순은의 햇빛 2017 가을

오래 전 강경역에서

너는 낡은 구두를 벗어 털고 있었고
나는 젊은 베르테르의 슬픔을 들고 있었다
그해 가을 강경역 플랫폼에서

너는 먼 남쪽바다로 떠났고
나는 완행열차에 붙들려 북쪽 큰 도시로 갔다
햇빛을 모조리 불사르겠다면서

네가 거침없이 베링해 어둔 바다로 나아갈때
나는 마장동 천변 쪽방에서 병을 앓고 있었다
자의식의 어스레한 불치병

네가 빙하강 사이 외딴 갈림길에서
비명 같은 젊은 목을 맬 때
나는 작가가 됐다는 신문사의 전화를 받았다

그것이 영원한 이별인 줄 알았는데
먼 시간 돌아와 너는 이제 햇살로 놀고
나는 여전히 자의식의 골방에 엎디어 있구나

좀봐, 저기 저 순은의 햇빛 2017가을

가을숲에서

찬 듯 텅 빈 여기에서
너희 옷을 벗고
무연한 덩어리로 섞였으니
홀로 돌아앉아 나는 그만
젖은 신발이나 벗어야겠다
강이 끝나고 나서야
붉은 비단길 열리는 걸
이제 알겠구나
빈 듯 꽉 찬 이 자리에서
너희 거센 함성을 들으며
얼마쯤 더 걸어야 할까
나는 아직도 어느 길가

가을숲에서

찬 듯 텅 빈 여기에서
너희 옷을 벗고
무연한 덩어리로 썩었으니
홀로 돌아앉아 나는 그만
젖은 신발이나 벗어야겠다
강이 끝나고나서야
붉으 비단길 열리는 걸
이제 알겠구나
빈 듯 꽉 찬 이 자리에서
너희 거센 함성을 들으려
얼마쯤 더 걸어야할가
나는 아직도 어느 길가

취꽃

네가 피고 나면 가을이다
봄부터 내 입맛을 돋워준 너

얄상한 몸매로 흰 빰 받들고 서서
얘야 바람이 분다 흔들리는 중심

이제 내가 가을이다
저문 강 건너오는 저기 너의 흰 뼈들

흰빛

네가 피고나면 가을이다
봄부터 내 입맛을 돋워준 너

얄상한 몸매로 흰 뺨 받들고 서서
애야 바람이 분다 흔들리는 중심

이제 내가 가을이다
저물 강 건너온 저기 너의 흰뼈처럼

전설은 왜 하얄까

참 좋은 가을볕이구나
물빛 고운 탑정호 내려다뵈는
대명산 기슭 소나무 그늘에서
오늘은 낮술로 농심 새우깡에
물 맑은 소주나 마시고 싶다
어느덧 펑퍼짐한 물결로 퍼져서
고향으로 혼자 되돌아온 선이
스무 살 시절 내 피를 달였던
옆집 누이 옛날 우리 선이
오늘은 살집 좋은 당신
허벅지나 베고 누워
흘러간 옛노래 시들어지게 하고 싶다
당신이 손가락 장단 추임새 놓아주면
까지꺼 감출 게 뭐 있다고
먼 도시를 질풍노도 떠돌 때
남몰래 속살 거쳐간 오래전
초목 같은 여자들 이야기
해질녘까지 하고 싶다 전설이라면서

전설은 왜 타말까

참 좋은 가을볕이구나
물빛 고운 람지강흐 내려다보는
태명산 기슭 소나무 그늘에서
오늘은 낮술로 농심새우깡에
물맑은 소주나 마시고싶다
어느덧 평포집깐 물결로 퍼져서
고향으로 혼자 되돌아온 선이
스무 살 시절 내 피를 달궜던
옆집 누이 옛날 우리 선이
오늘은 살집 좋은 당신
허벅지나 베고 누워
흐르한 옛노래 시들어지게 하고싶다
당신이 숟가락장단 추임새 놓아주면
까지께 감출 게 뭐 있다고
먼 도시를 철들녘도 떠돌 때
남몰래 속살 거쳐간 오래 전
초록같은 여자들 이야기
해질녁까지 하고싶다 전설이라면서

전설이 안되는 옛이야기가 어디 있냐면서
가끔은 당신이 내 허벅지로 바꿔 베고 누워
"에게, 뭔 베개가 이리 낮춤할꼬"
시시덕시시덕 찧고 까불다가
발작소리만 들려도 콩닥콩닥
처녀쩍 당신 가슴팍에 콩타작을 했다는
솝리 목천포 물가에 살았다던가
손가락 긴 승민오빠 이야기를
리와인드로 또 듣고 싶다
승민오빠가 신성일 닮았다는 말에도
이제 결코 화를 내지 않으면서
그 사이 탑정호 물빛은
노을과 몸 섞어 한통으로 여물고
한 생애 갖가지 물집들도
맺힌 데 없이 풀어져 한물결로 흐르고
집 나간 기러기떼 한량패거리
맞춤하니 줄지어 돌아올 때쯤
우리 손잡고 슬쩍
신풍리 매운탕집 뒷방으로 내려와서는
양념맛 까랑한 붕어찜이나 시켜놓고
서로서로 가시를 발라주면서

전설이 안되는 옛이야기가 어디 있냐면서
가끔은 당신이 내 허벅지를 바짝 베고누워
"에게, 뭔 베개가 이리 납죽할꼬"
시시덕시시덕 찧고 까불다가
발자소리만 들려도 콩닥콩닥
처녀적 당신 가슴팍에 콩다작을 했다는
솔리 뚝천포 물가에 살았다던가
손가락 긴 승련오빠 이야기를
디따인드로 또 듣고싶다
승련오빠가 신성일 닮았다는 말에도
이제 결코 화를 내지 않으면서
그 사이 감정들 물빛은
노을과 몸 섞어 한통으로 여물고
한 생애 갖가지 물집들도
맺힌 데 없이 풀어져 한물결로 흐르고
집 나간 기러기떼 한강꽈리
맞춤하니 줄지어 돌아올 때쯤
우리 손잡고 슬쩍
심풍리때윤탕집 뒷방으로 내려와서는
양념맛 끼끼랑한 붕어찜이나 시켜놓고
서로서로 가시를 발라주면서

"죽으면 당신 밥상 위 붕어나 될까!"
함지박허리 부둥켜 안고서
에라 모르겠다 은근짜 넘어지고 나면
대명산 한자락이 풍요롭구나
사발 같은 당신 가슴살에
다짜고짜 코 박고 잠들고 싶다
이윽고 저기 달이 떠오르는가
가게문 닫은 매운탕집 착한 쥔 양반
소주병 맥주병 슬쩍 더 들여놔주면서
"너무들 과음하진 마시고"
밤이슬 받고 살림채로 건너가는 발소리
창 너머는 그 사이 달빛이 하야얗고
그 시절은 뭐가 그리도 그리웠었는지
개구리 울음소리 라일락꽃 피어나는 밤마다
멀어서 못 갈 길은 없을 거라면서
품지 못할 혁명이 어디 있겠냐면서
영원히 또 영원히라고 다짐하면서
남중동에서 신당동으로 신당동에서 맨하탄으로
모스코바로 이스탄불로 다시 바이칼로
푸른 휘파람소리
후렴구로 새삼 늘어놓으면서

"죽으면 당신 밥상우 붕어나 될까!"
한지박허리 부둥켜 안고서
에라 모르겠다 은근짜 넘어지고나면
대멸산 큰자락이 들오롭구나
사발 같은 당신 가슴살에
다자고자자 코 박고 잠들고싶다
이윽고 저기 달이 떠오르는가
가게문 닫은 1대운탕집 착한 주인양반
소주병 맥주병 슬쩍 더 들여가주면서
"너무들 과음하진 마시고"
밤이슬 밭고 살림채로 건너가는 발소리
강 너머는 그 사이 달빛이 하야앟고
그 시절은 뭐가 그리도 그리웠었는지
개구리 울음소리 라일락꽃 피어나는 밤마다
떨어서 뜻갈 길을 없을거라면서
풀지 못할 혁명이 어디 있겠냐면서
영원히 또 영원히라고 다짐하면서
남중동에서 신당동으로 신당동에서 맨하탄으로
모스크바로 이스탄불로 다시 바이칼로
푸른 큭파람소리
후럼구로 새삼 늘어놓으면서

누이야 전설은 왜 흴까
세월은 왜 묵을수록 빛날까
이제는 돌아가고 말 것 없는 백발
저기 탑정호 깊고 고요한 물빛
기러기는 저리 청명히 울어쌌는데

누이야 전설은 왜 힐까
세월은 왜 묵을수록 빛날까
이제는 돌아가과랄 것 없는 백발
저기 닿정흐 깊고 고요한 물빛
기러기는 저리 청명히 울어싸았는데

노래

만약 내가 다시 태어난다면
저기 저 물로 살아야지
강물 되어야지
고요히 낮아지고 가없이 넓어져
저물녘 그대 꽃잎으로 떨어지면
흔연히 품고 흘러야지
먼 바다 끝으로 가서
마침내 기쁘게 하늘로 오르고
외로우면 새 봄에 봄비로 내려
그대 순한 이마 가만가만 적셔야지
봄풀의 뿌리로 가서
더러 봄꽃으로 피어나기도 해야지
만약 내가 다시 태어난다면

노래

만약 내가 다시 태어난다면
저기 저 물로 살아야지
강물 되어야지
괴로이 낮아지고 가없이 넓어져
저물녘 그대 꽃잎으로 떨어지면
흔연히 품고 흘러야지
먼 바다 끝으로 가서
마침내 기쁘게 하늘로 오르고
외로워라 새봄에 봄비로 내려
그대 순한 이마 가만가만 적셔야지
봄풀의 뿌리로 가서
더러 봄빛으로 피어나기도 해야지
만약 내가 다시 태어난다면

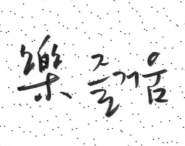

樂, 즐거움

섬광

얼마나 깊은 어둠과
얼마나 많은 눈물과
얼마나 위태로운 모서리가 모여

저리 환하신가 봄꽃들

섬광

얼마나 길은 어둠과
얼마나 많은 눈물과
얼마나 위태로운 모서리가 모여

저리 찬란히가 봄꽃들

안부

걱정 마요
외롭지 않아요
나는 항상 나의 문장들과 함께 걸어요

참 좋아요

안부

걱정마은
외롭지 않아은
나는 항상 나의 문장들과 함께 걸어은

참 좋아은

더러 꽃으로 피지만

상주불멸常住不滅

누군들
그리워 가고 싶지 않을까마는
가보면 고향보다 외로운 데 없지
함께 있어 왜 행복하지 않을까마는
안에 들면 당신보다 쓸쓸한 데 없지
사랑하니까
어찌하여 존재의 반은 쓸쓸하고
또 어찌하여 사랑의 반은 어두울까

상주불멸 生住不滅

누군들
그리워 가고싶지 않을까라는
가볍게 그리움보다 외로운데 없지
함께 있어 내 행복하지 않을까라는
안에 들먼 당신보다 쓸쓸한데 없지
사랑하니까
어찌하여 즐거워 반은 쓸쓸하고
또 어찌하여 사랑의 반은 어두울까

조정리 봄밤

캄캄한 호수가 밤비에 젖었다 참에 드리워진
나무 그림자면 적멸이 감돌었는데 참 안쪽,
램프불빛으로 한정된 여기 앉을자리는 적막할
뿐이다 적멸은 안과 밖이 한통속, 적막은
안과 밖이 나뉘어 있구나 적멸의 속살은
보들보들 다정하고 적막, 내 테두리는 꺼
끌꺼끌 불편하다 다정함이 내 살붙이인지
불편함이 내 살붙이인지 잘 모르겠다 다정함이
살붙이면 내가 본디 보들보들에서 왔다는
것일 테고 불편함이 살붙이면 내가 본디
꺼끌꺼끌에서 왔다는 것이겠지 그 속살과
그 테두리 사이 숨은 거리를 재느라 흡 숨을
멈췄더니 우르릉, 먼 데서 호수가 왈칵
기운다 애당초 보들보들에서 왔을 바에야
이 불편함은 무엇이고 애당초 꺼끌꺼끌에서
왔을 바에야 이 다정함은 또 무엇인가
겨우 보들보들과 꺼끌꺼끌 사이에 나의
모든 어제와 오늘과 내일이 놓여져 있다고

여기면 아프다 채라 영원이라고 말할
오기도 없다 창엔 상기도 어스레한 나무
그림자 있고 램프불빛 속엔 가뭇없이 갈팡
질팡이 있는데 이 봄밤, 나는 젖은채 다만
불멸의 참값을 구하고싶다 더 이상 나, 라는
말을 입에 담지않는

조정리 봄밤

캄캄한 호수가 밤비에 젖는다 창에 드리워진
나무 그림자엔 적멸이 깃들어 있는데 창 안쪽,
램프 불빛으로 한정된 여기 앉음자리는 적막할
뿐이다 적멸은 안과 밖이 한통속, 적막은
안과 밖이 나뉘어 있구나 적멸의 속살은
보들보들 다정하고 적막, 네 테두리는 꺼
끌꺼끌 불편하다 다정함이 내 살붙이인지
불편함이 내 살붙이인지 잘 모르겠다 다정함이
살붙이면 내가 본디 보들보들에서 왔다는
것일 테고 불편함이 살붙이면 내가 본디
꺼끌꺼끌에서 왔다는 것이겠지 그 속살과
그 테두리 사이 숨은 거리를 재느라 홉 숨을
멈췄더니 우르릉, 먼 데서 호수가 왈칵
기운다 애당초 보들보들에서 왔을 바에야
이 불편함은 무엇이고 애당초 꺼끌꺼끌에서
왔을 바에야 이 다정함은 또 무엇인가
겨우 보들보들과 꺼끌꺼끌 사이에 나의
모든 어제와 오늘과 내일이 놓여져 있다고

여기면 아프다 차마 영원이라고 말할
오기는 없다 창엔 상기도 어스레한 나무
그림자 있고 램프 불빛 속엔 가뭇없이 갈팡
질팡이 있는데 이 봄밤, 나는 젖은 채 다만
불멸의 참값을 구하고 싶다 더 이상 나, 라는
말을 입에 담지 않는

요즘

강은 멀리 보아야 예쁘고
사람은 마주 보아야 예쁘고
꽃은 아무렇게 보아도 예쁘지만

가을은 내가 스스로
가을이 되어 보아야 예쁘다

나는 요즘 시나브로 물들고 있다

요즘

강은 멀리 보아야 예쁘고
사람은 마주 보아야 예쁘고
꽃은 아무렇게 보아도 예쁘지만

가을은 내가 스스로
가을이 되어 보아야 예쁘다

나는 요즘 시나브로 물들고 있다

지금

햇빛도 희고 강물도 희구나
멀고 가까운 것이 하나이고
높고 낮은 게 둘이 아니라네
길은 애오라지 바람 속에 흩어지고
떠나고 남는 일 햇빛 속에 있으니
내 사랑 이제 환하구나
내 사랑 이제 환하구나
　　　　　-소설 「소금」에서

지금

햇빛도 희고 강물도 희구나
멀고 가까운 것이 하나이고
높고 낮은 게 둘이 아니라네
길은 애오라지 바람 속에 흩어지고
떠나고 남는 일 햇빛 속에 있으니
내 사랑 이제 환하구나
내 사랑 이제 환하구나
　　　　　—소월 「소금」에서

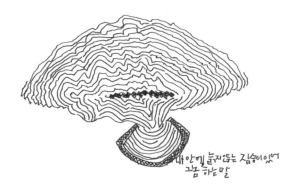

내 안에 늙지않는 짐승이 있어
가끔 하는 말

불면

잠이 영 오지 않는 밤엔
잠든 그대에게 편지를 쓴다
물 위에 쓰는 편지는
후회가 없다

나는 요즘 물 위에 소설을 쓴다

불면

잠이 영 오지않는 밤엔
잠든 그대에게 편지를 쓴다
물 위에 쓰는 편지는
후회가 없다

나는 요즘 물 위에 소설을 쓴다

해탈

여무는 가을 한철
안간힘으로
찬란히 붉다가
찬바람 휘익 불면
홀홀총총 뛰어 내려와
지상에 눕는 나뭇잎들
마침내 무채색 뼈들만 남아
오롯이 하늘에 뻗대고 선
저 겨울나무들의 지고한
해탈을 보라
차 있어야 아름다운 게 아니다
몸 비운 사이사이
허공이 들어와 눕도록 버려두면
아 그것이 곧 영원이다

붉고 가볍고 그지라고
그걸 눈물 났을

해탈

어느 가을 한철을
안간힘으로
찬란히 붉다가
한바람 휘익 불면
흘흘흥흥 떨어내리련다
지상에 늘는 나뭇잎들
마침내 무채색 빈티들만 남아
오롯이 하늘에 뻗대고 선
저 겨울나무들의 지고한
해탈을 보라
차 있어야 아름다운 게 아니다
몸 비운 사이사이
허공이 들어와 숨도록 버려두면
아 그것이 곧 영원이다

시인詩人

누구나 가슴속엔 시인이 살고 있네
시인의 친구가 살고 있네
바람이 메말라 모래밭 되더라도
눈물이 메말라 소금밭 되더라도
눈빛은 서글서글 속눈썹은 반짝반짝
나의 친구 시인은
어린 나무처럼 잠들지
누구나 가슴속엔 시인이 살고 있네
시인의 친구가 살고 있네
　　　　　-소설 「소금」에서

시인詩人

누구나 가슴 속엔 시인이 살고있네
시인의 친구가 살고있네
바람이 메말라 모래밭 되더라도
눈물이 메말라 소금밭 되더라도
눈빛은 서글서글 속눈썹은 반짝반짝
나의 친구 시인은
어린나무처럼 잠들지
누구나 가슴 속엔 시인이 살고있네
시인의 친구가 살고있네

－소월 「소금」에서

하느님
-산티아고 순렛길에서

혼자 걷는 게 아니다

길이 언제나 나를 보살핀다

하느님
－산티아고 순례길에서

혼자 걷는 게 아니다

길이 언제나 나를 보살핀다

스스로
칼이 되고싶은
안 산티아고!

눈이 푸르른

너에게서 시간을 훔치고 싶었다
외롭다고 말하면
지는 거라고 말하지 마라
고독은 내 지상의 감미이다
……
저 미루나무 끄트머리처럼

눈이 푸르른

너에게서 시간을 훔치고싶었다
외롭다고 말해도
지는 거라고 말하지마라
고독은 내 지상의 감미이다
······
저 미루나무 끄트머리처럼

봉선화에게

분홍 저고리 흰 치마
젊은 네가 내 숲에 깃들었네
세계의 여름이 떠났는데
내 손톱 메마른 등껍질
은밀히 스며들 고혹을 지니고
네가 내 곁에 있구나
첫사랑처럼
너를 품어 연지곤지
내 안을 물들여야지
쭈그러든 시간의 투구를 쓰고
미안하다 향그러운 네가
내 등껍질에 스며들도록 두는 일
새댁 같은 첫눈을 기다리면서

봉선화에게

분홍저고리 흰치마
젊은 네가 내 숲에 깃들었네
세계의 여름이 떠났는데
내 손톱 메마른 등껍질
은밀히 스며들 고혹을 지나
네가 내 곁에 있으라
첫사랑처럼
너를 품어 연지곤지
내 안을 물들여야지
꾸러운 시간의 투구를 쓰고
미안하다 향그런 네가
내 등껍질에 스며들도록 두는 일
새댁 같은 첫눈을 기다리면서

가을

사는 일이 누추하다고 느낄 때
그런 한낮엔 그냥
가만히 누워 눈을 감으셔요
사는 일이 힘들다고 느낄 때
그런 저녁엔 그냥
가만히 누워 별을 보셔요
사는 일이 슬프다고 느낄 때
그런 깊은 밤엔 그냥
가만히 누워 그리운 이에게
편지를 쓰셔요
사는 일이 아주 멀다고 느낄 때
그런 아침엔 그냥
저 가을 단풍 사이로 걸어보셔요
어느 길로 가도 그 길을 만나겠지만요
참취꽃들의 저 흰 그늘길

가을

사는 일이 누추하다 느낄 때
그런 한낮엔 그냥
가만히 누워 눈을 감으셔요
사는 일이 힘들다 느낄 때
그런 저녁엔 그냥
가만히 누워 별을 보셔요
사는 일이 슬프다 느낄 때
그런 깊은 밤엔 그냥
가만히 누워 그리운 이에게
편지를 쓰셔요
사는 일이 아주 멀다 느낄 때
그런 아침엔 그냥
저 가을단풍 사이로 걸어보셔요
어느 길로 가도 그 길을 만나겠지만은
참취꽃들의 저 흰구름길

큰일

옛날엔 소주맛이 썼지만
이제 달다

옛날엔 꽃샘추위 시더니
이제 달다

옛날엔 당신 잔소리 짜디짰는데
이제 달다

큰일이다 날이 갈수록
늙을수록 단 게 좋다

큰일

옛날엔 소주맛이 썼었지만
이제 달다

옛날엔 꽃샘추위 시렸는데
이제 달다

옛날엔 당신 잔소리 짜디짰었는데
이제 달다

큰일이다 날이 갈수록
늙을수록 단게 좋다

우주

꽃이 피고 싶다고 피나
햇빛이 건드려줘 피는 거지
그러니 제발
지금 날 좀 건드려줘
내 안에 터지고 싶은
아 우주가 있어

우주

꽃이 피고싶다고 피나
햇빛이 건드려줘 피는거지
그러니 제발
지금 날좀 건드려줘
내 안에 터지고싶은
아 우주가 있어

백백이 내 꿈이여.
미해, 터질거.

스무 살

오래전 그녀와 통했던 비인 앞바다에
갔다가 물결이 채색한 무지개빛 조개껍데기를
주워 와 흰 접시 맑은 물에 넣어서 서탁에
얹어두고 오래오래 들여다보았더니

스무 살 봄풀 같은 아내를 다시 만났네

스무 살

오래 전 그대와 동했던 비안 앞바다에
갔다가 물결이 채색한 무지개빛 조개껍데기를
주워와 흰 접시 맑은 물에 넣어서 서탁에
얹어두고 오래오래 들여다보았더니

스무 살 봄풀같은 아내를 다시 만났네

낮술

아침녘 옮겨 심은
백일홍 붉은 꽃 너머로
누가
허리 잔뜩 구부리고
느릿느릿 걷고 있다

누구세요?

낮술

아침녘 읍내심은
백일홍 붉은 꽃 너머로
누가
허리 잔뜩 구부리고
느릿느릿 걷고있다

누구세요?

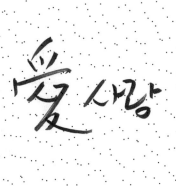

愛 사랑

제자리

변두리 에푸수수한 가로 횡단보도에서
신호를 기다리던 젊은 당신
손차양으로 선뜻 햇빛을 가릴 때
어린 양떼 같은 그 아침빛 속에서
내 가슴 화선지에 화악 먹물이 번졌지
칠흑의 머리는 어느새 흰 물이 들고
여전히 당신이 누구인지 나는 모르지만
저물녘 혼자 수줍게 돌아앉아
뗏장 같은 갈비뼈 가만히 들어 보면
아직 그대로야 그 아침에 번진 먹물
세월이 모든 걸 지운다고 말하지 마
지워지는 건 알량한 데이터뿐이야
무엇 한 가지도 살아 완성할 수 없다는 걸
너무 늦게 알았네 이 황홀한 봄날
시간은 다만 스러지는 봄꽃에 있고
먼 강은 돌아와 여일하게 푸른데
나는 아직도 여기 제자리걸음

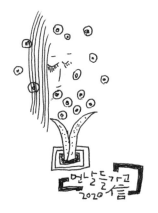

제자리 1

벚들이 애틋수한 가로 횡단보도에서
신호를 기다리던 젊은 당신
손차양으로 선뜻 햇빛을 가릴 때
어린 양떼같은 그 아침빛 속에서
내 가슴 화선지에 화악 먹물이 번졌지
칠흑의 머리는 어느새 흰물이 들고
여전히 당신이 누구인지 나는 모르지만
저물녘 홀로 수줍게 돌아앉아
라빗장 같은 갈비뼈 가만히 들어보면
아직 그대로야 그 아침에 번진 먹물
세월이 모든 걸 지운다고 말하지 마
지워지는 건 알량한 데이터뿐이야
무엇 한가지도 살아 완성할 수 없다는 걸
너무 늦게 알았네 이 황홀한 봄날
시간은 다 막 스러지는 봄꽃에 있고
먼 강은 돌아와 여일하게 푸른데
나는 아직도 여기 제자리걸음

빈 산에게

가만히 있으면 들려
빈 산이 돌아눕는 소리
버림받은 사람들의 쉰 기침소리
굽잇길마다 찬 서리 내리고
봄은 아직 망루 너머 있는데
사랑해요 먼 당신
괘종시계는 무엇으로 길을 내고
겨울철새는 어떻게 길을 지우며 가는지
처음엔 몰랐으나 가까웠고
이제 알지만 먼 당신에게
저물녘 찬 강물 더듬어 쥐면서
부디 손을 놓지 말아요 우리

빈 신에게

가만히 있으므로 들려
빈 신이 돌아눕는 소리
버림받은 사람들의 쉰 기침소리
굽이길마다 잔서리 내리고
볕은 아직 말루 너머 있는데
사랑해요 먼 당신
래종시계는 무엇으로 길을 내고
겨울철새는 어떻게 길을 지우며 가는지
처음엔 몰랐으나 가까웠고
이제 알지만 먼 당신에게
저물녘 찬 강물 더듬어귀면서
부디 손을 놓지말아요 우리

그 후

물가에 혼자 앉아서
이제 그만 고즈넉 저물어야지
더러는 기우는 햇빛이 더욱 붉다고
불끈, 말하고 싶을 때에도
쉬, 표시나지 않게 기울어야지
누군가의 등 뒤에서
내가 이윽고 캄캄해지면
아무렴, 그게 바로 사랑이겠지
가끔은 그리운 사람을 위해
관솔 같은 상처를 태워
꽃불 밝히자 스스로 캄캄해져서
흐르는 물로 억센 연장들 씻고
바람에 맡겨 젖은 이마를 말리고
어디쯤일까 지금
저녁강 돌아눕는 소리
저물면 조용히 어두워지도록
기울면 가만히 허물어지도록
아무렴, 그냥 두자 무심하게
조금씩 더 낮아지면서

그 후

물가에 혼자 앉아서
이제 그럼 고즈넉 저물어야지
더러는 기우는 햇빛이 더욱 붉다고
불끈, 말하고싶을 때에도
쉬, 튼시나지 않게 기울어야지
누군가의 등 뒤에서
내가 이윽고 캄캄해지면
아무렴, 그게 바로 사랑이겠지
가끔은 그리운 사람을 위해
관솔 같은 상처를 태워
꽃불 밝히자 스스로 캄캄해져서
흐르는 물로 억센 연장들 씻고
바람에 맡겨 젖은 이마를 말리고
어디쯤일까 지금
저녁강 돌아눕는 소리
저물면 조용히 어두워지도록
기울면 가맣게 허물어지도록
아무렴, 기왕 눕자 무심하게
조금씩 더 낮아지련서

앵두

단심이다 저것들
속정을 견디지 못해
앙바틈 터져나와 마구마구
제 근본에서 투신하는 것이
아무래도 지난밤에
정한으로 생목숨 버렸다가
이승으로 돌아와 다시 만난 한 쌍
저 붉은 그늘에 빠져 미쳤는갑다

아무렴, 눈 맞으면 미쳐죽는 게
산것들의 본향이겠다

앵두

단심이다 저것들
속정을 걸리지 못해
앵버틈 타져나와 1라귀1라구
저기 근본에서 투신하는 것이
아무래도 지난밤에
정한으로 생목숨 버렸다가
이승으로 돌아와 다시 만난 한 쌍
저 붉은 그늘에 삐쳐 1러졌는갑다

아무렴, 눈 맞으면 미쳐죽는 게
산것들의 본향이겠다

바이칼 둥근 돌에게

사람 사이 층위가 무심하고
시간 사이 쉬림이 없는 땅이 있다던데
나를 버리러 온 동토의 끝자기에서
오래전 내 나라 천제한님에게 기대어 꾸던
선사의 꿈을 오늘 홀연 보았네

머리칼은 가뭇없이 희고
네 가슴 속살은 아직도 봄들로 푸르구나
얼음공주 바이칼 허리춤에서 비어져나온
여기 원만한 둥근 돌멩이 하나
태곳적 버리고 떠난 내 꿈 하나

천제한님의 그 밝음으로부터
반도의 피폐한 남녘 들판 골방 속 어둠까지
얼마나 더 먼 길을 걸어야
댜란 오색탕기 한통으로 아울린
너의 주름없는 원형에 이를 수 있을까

오늘도 시간처럼 눈은 내리는데
아무렴 길은 다시 먼 물결로 이어지고
돌아보면 점점이 꺼져가는 저기 저 불빛들
설원에 고요히 꿇어앉아 그래도
나는 닦네 이 둥근 꿈

바이칼 둥근 돌에게

사람 사이 층하가 무심하고
시간 사이 쇠락이 없는 땅이 있다던데
나를 버리러 온 동토의 골짜기에서
오래전 내 나라 천제한님에게 기대어 꾸던
선사의 꿈을 오늘 홀연 보았네

머리칼은 가뭇없이 희고
네 가슴 속살은 아직도 봄풀로 푸르구나
얼음공주 바이칼 허리춤에서 비어져나온
여기 원만한 둥근 돌맹이 하나
태곳적 버리고 떠난 내 꿈 하나

천제한님의 그 밝음으로부터
반도의 피폐한 남녘 들판 골방 속 어둠까지
얼마나 더 먼 길을 걸어야
다만 오색향기 한통으로 아물린
너의 구김없는 원형에 이를 수 있을까

오늘도 시간처럼 눈은 내리는데
아무렴 길은 다시 먼 물결로 이어지고
돌아보면 점점이 꺼져가는 저기 저 불빛들
설원에 고요히 꿇어앉아 그래도
나는 닦네 이 둥근 꿈

자화상에게

밤기차를 타고 창을 보면
오래된 성터 같은 당신이 있다

누구야, 당신?

자화상에게

밤기차를 타고 창을 보면
오래 된 성터 같은 당신이 있다

누구야, 당신?

영원

이 찬란한 가을
저기 단풍나무 밑 작은 의자 될게요
시나브로 바람이 불고
드문드문 낙엽은 지고
어느 저물녘 먼 시간처럼
조용히 다가온 당신
부디 나의 빈 의자에 앉아주세요
오르내리는 당신의 숨결
온수 같은 당신의 체온을 받들며
더러 말하고 싶겠지요
찰나를 영원이라고
이윽고 당신이 떠난다 해도
당신의 옷자락이 나를 뿌리친다 해도
안녕이란 말은 하지 않을 거예요
우리는 이미 완성되었으니까요
눈이 내려 천지를 덮어도 좋겠지요
눈 덮인 의자로 혼자 남아서
그럼요, 깊은 밤 아무도 몰래
내 모서리와 당신의 중심이 덩어리가 되고
찰나와 영원이 한덩어리가 되고

영원

이 찬란한 가을
저기 단풍나무 밑 작은 의자 될게요
시나브로 바람이 불고
드문드문 낙엽은 지고
어느 저물녘 먼 시간처럼
조용히 다가온 당신
부디 나의 빈 의자에 앉아주세요
오르내리는 당신의 숨결
온수 같은 당신의 체온을 받들며
이러 말하고 싶겠지요
찰나를 영원이라고
이윽고 당신이 떠난다해도
당신의 옷자락이 나를 뿌리친다해도
안녕이란 말은 하지 않을 거예요
우리는 이미 완성되었으니까요
눈이 내려 천지를 덮어도 좋겠지요
눈 덮인 의자로 혼자 남아서
고즈넉, 깊은 밤 아무도 몰래
내 모서리와 당신의 중심이 덩어리가 되고
찰나와 영원이 한덩어리가 되고

가을을 기다리며

가을이 하마 오긴 올까

어느 저물녘 늦가을 은행나무 아래
강물을 등지고 선 스무 살 당신
샛노란 은행잎들과 흰 운동화 생각
긴 속눈썹과 철없던 흰 종아리 생각

등 보이기 싫어, 먼저 가!
누가 말했던가 뒤틀어져 나오던 몹쓸 말들
젊은 자의식의 가시덩쿨에 갇힌
우리는 그때 피차 장애자였었네

아침이슬 붉은 입술에
암회색 세월의 휘장이 덮이고 나야
마침내 듣게 되지 청춘보다
더 쓸쓸한 게 없다고,
그날의 타는 가을강이 하던 말

날카로웠던 자의식의 가시덩쿨도
이제 이렇게 흙이 되고
넋이 되고

가을을 기다리며

가을이 해마 일찍 올까

어느 저물녘 늦가을 은행나무 아래
강물을 등지고 선 스무살 당신
샛노란 은행잎들과 흰 운동화 생각
긴 속눈썹과 철없던 흰 종아리 생각

등 보이기 싫어, 먼저 가!
누가 말했던가 뒤틀어져 나오던 몹쓸 말들
젊은 자의식의 가시넝쿨에 갇힌
우리는 그때 따라 잠해자겠궀기

아침이슬 붉은 입술에
암회색 세월의 휘장이 덮어오냐
마침내 듣게 되지 청춘보다
더 쓸쓸한 게 없다고,
그날의 타는 가을강이 하던 말

날카로웠다고 자의식의 가시넝쿨도
이제 이렇게 흙이 되고
낙엽이 되고

술은 맘에
열치곤지를 찍는다는 거짓말
2020. 가을

연전에 지아비를 췌장암으로 잃고
당뇨에 퇴행성관절염이 깊어
지팡이 짚어야 문밖 나선다던가 당신
빠진 쇄골 때문에 재활치료를 받다가 오늘
나부끼는 바람이 전하는 당신의 근황을 듣네

배롱나무꽃은 저리 붉고
여름빛은 아직도 저리 포악한데
소주병 마개를 숨차게 따면서
가을이 정말 올까 먼 길손처럼

애당초 우리가 갖고 싶었던 건
당신이 아니라,
당신의 내가 아니라,
은행잎 젖은 강물의 노래가 아니라

잠시 이마를 내려놓고 싶은
누군가의 한쪽 어깨였을 뿐이었네
사막을 혼자 건너는 게 무서워서
가시덩쿨 젊은 열꽃이 두려워서

언젠가 지아비를 췌장암으로 잃고
당뇨에 퇴행성관절염이 깊어
지팡이 짚어야 문 밖 나선다던가 당신
빠진 세굴 때문에 재활치료를 받다가 오늘
나부끼는 바람이 전하는 당신의 근황을 듣네

배롱나무꽃은 저리 붉고
여름빛은 아직도 저리 농악한데
소주병 마개를 숨차게 따면서
가을이 정말 올까 먼 길손처럼

애당초 우리가 갖고싶었던 건
당신이 아니라,
당신의 내가 아니라,
은해일 젖은 강물의 노래가 아니라

잠시 이마를 내려놓고싶은
누군가의 한쪽 어깨였을 뿐이었네
사막을 혼자 건너는 게 무서워서
가시덤불 젊은 열꽃이 두려워서

알지 못하는 꿈을 외마디 비명처럼
사랑이라고 불렀던 나를 용서해주시게
이제 그냥 향기라고 부를게
나부끼는 바람이라고

더 이상 두렵지 않네
청춘의 가시들은 안으로 굽어들어가
당신의 관절염이 되고
나의 바스라진 쇄골이 되었으니

기어코 가을이 와서
그것이 여물어 물이 되거들랑
이제 그림자라고 부르시게 나를
저무는 강의 젖은 그림자라고

저기 붉은 여름꽃들 등지고 서서
나는 그만, 찬란히 도래하고 말
이 가을의 적막한 그림자 되겠네

알지 못하는 깊은 외마디 비명처럼
사랑이라고 불렀던 나를 용서해주시게
이제 그냥 향기라고 부를게
내뿜기는 바람이라고

더 이상 두렵지 않네
청춘의 가시들은 안으로 숨어들어가
당신의 관절염이 되고
나의 바스라진 쇄골이 되었으니

기어코 가을이 와서
그것이 여물어 물이 되거들랑
이제 그림자라고 부르시게 나를
저무는 강의 젖은 그림자라고

거기 붉은 여름꽃들 등지고 서서
나는 그만, 찬란히 도래하고 말
이 가을의 적막한 그림자 되겠네

옛터

너무 심심한 건지 요즘
내 머릿속 시나브로 텅 빈 옛터에
오늘도 꼼지락꼼지락 야채를 심어요
상추랑 고추랑 오이랑
비가 오면 맨머리로 비에 젖고
해가 뜨면 맨머리로 해를 받지요
지나가다가 혹 나를 보시거든
내 머릿속 상추도 뜯어가시고 고추도 따가셔요
빗방울 순하게 맺힌 오이는
선 채 그냥 베어 잡수셔도 좋아요
나는야 걸어다니는 야채밭
지금 당신 곁을 지나고 있잖아요
부끄러워하거나 조심하지 마시고
다정도 병인 양 선뜻 손을 뻗어
내 머릿속 야채밭의 주인이 돼주셔요
단 하루라도 당신의 향기
깊은 안창살에 머물고 싶어요

옛터

너무 심심한건지 요즘
내 머릿속 시나브로 텅빈 옛터에
오늘도 꼼지락꼼지락 야채를 심어요
상추랑 고추랑 오이랑
비가 오면 맨머리로 비에 젖고
해가 뜨면 맨머리로 해를 받지요
지나가다가 혹 나를 보시거든
내 머릿속 상추도 뜯어가시고 고추도 따가셔요
빈방을 순하게 막힌 오이는
선 채 고냥 베어 잡수셔도 좋아요
나눠야 걸어다니는 야채밭
지금 당신 곁을 지나고 있잖아요
부끄러워하거나 조심하지 마시고
다정도 병인 양 선뜻 손을 뻗어
내 머릿속 야채밭의 주인이 돼주셔요
단 하루라도 당신의 향기
깊은 안쪽살에 머물고싶어요

봄날

애오라지 바람이 그리웠어라
작부 같은 참나리 뒤짚혀 핀 그날

나는 시골집 담벼락에 기대고 울었다
참나리꽃 붉은빛 서러워서 울었다

젊은 어머니는 끝끝내 오지 않았다

봄날

애오라지 바람이 그리웠어라
작부 같은 참나리 뒤집혀 핀 그날

나는 시골집 담벼락에 기대고 울었다
참나리꽃 붉은빛 서러워서 울었다

젊은 어머니는 끝끝내 오지않았다

세월

봉분이 낮은 묘지는
편안하다

산 자들의 봉분도 그렇다

세월

봉분이 낮은 묘지는
도련안하다

산 자들의 봉분도 그렇다

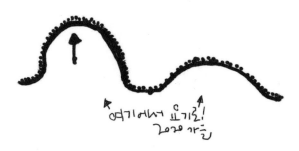

여기에서 요기요!
2020 가을

외딴 방
-산티아고 순렛길에서

혼자 울고 싶어
지구 반대편까지
걸어와 누웠는데
오래전 지나쳐 온
작고 어둔
외딴방들이 따라와
여기 내 곁에
나란히
나란히 누워 있다
피붙이처럼

질기다

외딴방
~ 산티아고 순렛길에서

혼자 울고 싶어
지구 반대쪽까지
걸어와 누웠는데
오래 전 지나쳐온
작고 어둔
외딴방들이 따라와
여기 내 곁에
나란히
나란히 누워있다
되붙이처럼

질기다

밀물

봄꽃의 밀물 황홀하네
저 밀물에 섞이지 못한
당신, 혹 쓸쓸하신가
상심할 거 없어
여름꽃 가을꽃도 있고
겨울 찬 눈 속에 피는 꽃도 있는걸
당신은 겨울꽃 눈 내리는
절세의 어느 모퉁이에서
고고하게 홀로 피고말 거야
그게 당신 스타일

밀물

봄꽃의 밀물 황홀하네
저 밀물에 섞이지 못한
당신, 혹 쓸쓸하신가
상심할 거 없어
여름꽃 가을꽃도 있고
겨울 찬 눈 속에 피는 꽃도 있는 걸
당신은 겨울꽃 눈 내리는
절세의 어느 모퉁이에서
고고하게 홀로 피고말거야
그게 당신 스타일

머웃잎 따며

비 온다 어린아이 잇속 같은 봄비
가방 속에서 싱싱한 몸
차곡차곡 맞댄 머웃잎들
당신과 함께 빗속에 떠나보내고
버스터미널 건너편 속편한내과 젊은 의사 앞에서
내가 연달아 기침을 내뱉고 있을 때
스쳐가는 차창 밖 가로를 내다보며 당신은 이윽고
점심으로 싸간 식은 고구마 껍질을 벗긴다
늙은 어미는 먹이는 재미가 젤이라면서
빗속에서 뜯고 다듬어 챙긴 머웃잎들이
당신의 한결같은 힘이다
틀어진 허리와 삭은 관절마다
한 생애가 아프게 저물고
지금 어디쯤 가고 있는가 당신
굽은 나의 어깨 위에 오늘은
젖은 당신의 머리칼 안아 누이고 싶다
고맙다고, 아 사랑한다고 말하면서,
환히 웃던 순간순간에도

머윗잎 따며

비 온다 어린아이 잇속같은 봄비
가방 속에서 싱싱한 몸
차곡차곡 맞댄 머윗잎들
당신과 함께 빗속에 떠나보내고
버스터미널 건너편 속편한내과 젊은 의사앞에서
내가 연달아 기침을 내뱉고 있을 때
스쳐가는 차창 밖 가로를 내다보며 당신을 이윽고
점심으로 싸간 식은 고구마껍질을 벗긴다
늙은 어미는 먹이는 재미가 절이라면서
빗속에서 뜯고 다듬어 챙긴 머윗잎들이
당신의 한결같은 힘이다
들어진 허리와 삭은 관절이다
한 생애가 아프게 저물고
지금 어디쯤 가고 있는가 당신
굽은 나의 어깨 위에 오늘은
젖은 당신의 머리칼 안아 누이고 싶다
고맙다고, 아 사랑한다고 말하면서,
환히 웃던 순간순간에도

나를 위한 당신의 반쪽 어깨는
언제나 비에 젖고 있었다는 걸
이제 안다고 말하면서,
너무 늦은 건 아니겠지 말하면서,
아침내내 당신이 거두어온 미나리일
잎사귀에 묻은 흙고물 털면서,
사는 거 다란 존재의 실뿌리
성긴 잎사귀에 흙고물 묻혀라
다지고 헐고 씻어 내는 일
한 사랑이 그것으로 기울면
한 사랑이 그것으로 또 솟아선다고,
그러니 우리 잘 살아왔다고,
아직 늦지않았다고 짐짓 다독이면서

나를 위한 당신의 반쪽 어깨는
언제나 비에 젖고 있었다는 걸
이제 안다고 말하면서,
너무 늦은 건 아니겠지 말하면서,
아침 내내 당신이 거두어 온 머윗잎
잎사귀에 묻은 흙고물 털면서,
사는 건 다만 존재의 실뿌리
성긴 잎사귀에 흙고물 묻혀 와
다지고 털고 씻어 내는 일
한 사랑이 그것으로 기울면
한 사랑이 그것으로 또 솟아난다고,
그러니 우리 잘 살아왔다고,
아직 늦지 않았다고 짐짓 다독이면서

悪唑

기린

너희의 세상이 흰눈으로 뒤덮일 때 나는
어둑한 골방에서 새끼처럼 오그린 채
'한낮의 우울'을 읽는다 가령 119페이지,
'졸로푸트를 복용했더니 머리가 어지럽다'
나는 자낙스를 먹고 졸로푸트도 먹는다
자낙스 투유증으로 자살한 사람도 있다
그 사람이 부러웠던 적도 많지만
사랑의 결함이 우울이란 말엔 동의할 수 없다
별을 보며 눈물짓는 건 화학적작용이 아니다
나는 내가 기린에게서 나왔다고 생각한다
목이 긴 것이 죄란 말인가
자낙스는 기린의 목을 줄여 집채지로 만든다
눈이 내리면 내 목은 쭈욱 길어나 별에 닿는다
그런 열라줄 누가 무릎꿇고 받지 않겠는가
앤드류 솔로몬은 목이 길어질까 두려운 모양이다
나는 별을 핥고싶다 총가락 막대사탕처럼
분르에 앉는 일은 부럽지 않다

계속 울고 화내고 소리쳐 비판하는 별을 보라
그 별의 자궁 속에 바로 내가 있다
세계의 관뚜껑에 흰눈이 뒤덮이고 나면
나는 졸로푸트에서 팍실로 나의 별을 바꾼다
부작용이 많은 슬픔은 피하는 게 좋다

기린

너희의 세상이 흰눈으로 뒤덮일 때 나는
어둑신한 골방에서 쐐기처럼 오그린 채
'한낮의 우울'을 읽는다 가령 119페이지
'졸로푸트를 복용하면 머리가 어지럽다'
나는 자낙스를 먹고 졸로푸트도 먹는다
자낙스 후유증으로 자살한 사람도 있다
그 사람이 부러웠던 적도 많지만
사랑의 결함이 우울이란 말엔 동의할 수 없다
별을 보며 눈물짓는 건 화학적 작용이 아니다
나는 내가 기린에게서 나왔다고 생각한다
목이 긴 것이 죄란 말인가
자낙스는 기린의 목을 줄여 집돼지로 만든다
눈이 내리면 내 목은 쭈욱 길어나 별에 닿는다
그런 열락을 누가 무릎 꿇고 받지 않겠는가
앤드류 솔로몬은 목이 길어질까 두려운 모양이다
나는 별을 핥고 싶다 동그란 막대사탕처럼
보료에 앉는 일은 부럽지 않다

계속 울고 화내고 소리쳐 비판하는 별을 보라
그 별의 자궁 속에 바로 내가 있다
세계의 관뚜껑에 흰눈이 뒤덮이고 나면
나는 졸로푸트에서 팍실로 나의 별을 바꾼다
부작용이 많은 슬픔은 피하는 게 좋다

두드러기

우후죽순 두드러기가 솟는다
가뭇없이 보낸 맹세와
헌옷들을 버린 원죄가 붉은 꽃이구나
덧난 것들은 덧난 것들끼리
팔뚝 등허리 아랫배 사타구니 허벅지
광화문에서 DMZ에서 현해탄에서
아라비아반도에서
보아라 떼지어 터져나오는
너, 아우성의 뜨겁고 붉은 꽃

두드러기

우후죽순 두드러기가 솟는다
가뭇없이 보낸 맹세와
헌옷들을 버린 우리가 붉은꽃이로나
덧난 것들은 덧난 것들끼리
팔뚝 등허리 아랫배 사타구니 허벅지
광화문에서 DMZ에서 현해탄에서
아라비아반도에서
보아라 떼지어 허저나오는
너, 아우성의 뜨겁고 붉은꽃

그리움

산엔 애초 길이 없었다

길을 나는
거부한다 길은
질렸다

저기 먼 산이 되고 싶다

그리움

산만 애출 길이 없었다

길을 내는
거부한다 길은
질렀다

저기 먼 산이 되려쉰다

질문

자네들은 맨날
대체 무엇으로
목숨…… 그 불온한 숨결을 견디시는가
저기 캄캄한 망망대해
한날한시 거를 날 없이
내 안에선 폭풍우 치는데
……

질문

자네들은 맨날
대체 무엇으로
목숨……그 불온한 숨결을 건디시나가
저기 칼캄한 망망대해
한날한시 거를 날 없이
내 안에선 폭풍우 치는데
······

조국의 여름

포만의 삼겹살과
아우성치는 주식시장과
원망을 새긴 가름의 피켓들이 쌓여
오늘 우리들의 여름이 되었다
시를 쓸 수 없는 시인들의 나날

조국의 여름

흔한의 삼겹살라
아우성치는 주식시장라
원망을 새긴 가을의 피켓들이 쌓여
오늘 우리들의 여름이 되었다
시를 쓸 수 없는 시인들의 나날

보성아파트 1412에서

이 자의식의 감옥에서
나가고싶다 14층에서 날면
저 둥근 들판의
중심에 다다를 수 있을까

한번도 내
자유를 본 적은 없지만
끔찍한 화염 목숨에게
목숨의 목숨에게

강물 여전히 뒤꿈치를 적시는데
이제 떠난 그곳으로 돌아와
어머니 곧 밝게온
아침인사로 언 손대를 녹이면서

어느 날이던가 봄빛 환한 아침녘
한낮의 햇마루를 닦다가 갑자기
왜 어머니는 소리쳐 울었는지
가슴을 쥐어뜯으면서
왜 어머니는 햇마루가 되지 못했는지

어머니 이제
나는 툇마루가 될 거여요
오래된 툇마루의 옹이가 돼서
저 들판의 중심으로
참 자유로

보성아파트 1412에서

이 자의식의 감옥에서
나가고 싶다 14층에서 날면
저 둥근 들판의
중심에 다다를 수 있을까

한번도 너
자유를 본 적은 없지만
끔찍한 화염 목숨에게
목숨의 목숨에게

강은 여전히 뒤꿈치를 적시는데
이제 떠난 그곳으로 돌아와
어머니 곧 뵐게요
아침인사로 언 순대국을 녹이면서

어느 날이던가 봄빛 환한 아침녘
한낮의 툇마루를 닦다가 갑자기
왜 어머니는 소리쳐 울었는지
가슴을 쥐어뜯으면서
왜 어머니는 툇마루가 되지 못했는지

어머니 이제
나는 툇마루가 될 거여요
오래된 툇마루의 옹이가 돼서
저 들판의 중심으로
참 자유로

신록

저 연녹색 신록의 물결은
누구의 눈물을 먹고 자라는가
누구의 투쟁을 먹고 자라는가
누구의 저문 꿈을 먹고 자라는가
저것은 누구의 눈물을 닦는가
누구의 투쟁을 지우는가
누구의 저문 꿈을 애오라지 소생시키는가
고요히 우렁찬 오월 꽃그늘에 앉아
족저근막염에 얼음찜질을 하면서
굳은 세월의 발바닥을 삭히면서
상수리나무 꼭대기 세례받은 아이들의
저, 저 희푸른 손가락들을 보면서
신록은 얘, 얼마나 윤리적이니

신록

저 연록색 신록의 물결은
누구의 눈물을 먹고 자라는가
누구의 투쟁을 먹고 자라는가
누구의 저문 꿈을 먹고 자라는가
저것은 누구의 눈물을 닦는가
누구의 투쟁을 지우는가
누구의 저문 꿈을 애꿎라지 소생시키는가
고요히 우렁찬 오월 꽃그늘에 앉아
졸저리막염에 얼음질질을 하면서
굳은 세월의 발바닥을 삭히면서
상수리나무 꼭대기 세례받은 아이들의
저, 저 희푸른 손가락들을 보면서
신록은 얘, 얼마나 눈부셔이니

출신 성분

나는 귀족의 자식이 아니다
평민의 자식이 아니다
노비의 자식이 아니다 나는
아니다 내겐 순혈의 족보가 없다

나는 지식인이 아니며
성직자가 아니며
예술가가 아니며
사람도 아니다 나는
아니다 나는 특별한 사람이다

나는 목청 높은 강단을 증오하고
제단에서 내려주는 양식을 증오하고
의미없이 곧추선 척추를 증오한다 나는
증오한다 더러운 쓸개
선홍색 간으로 위장한 저들

출신성분

나는 귀족의 자식이 아니다
평민의 자식이 아니다
노비의 자식이 아니다 나는
아니다 내겐 순혈의 족보가 없다

나는 지식인이 아니며
성직자가 아니며
예술가가 아니며
사람도 아니다 나는
아니다 나는 특별한 사람이다

나는 푸청 높은 강단을 증오하고
제단에서 내려주는 양식을 증오하고
의띠없이 끝추선 척추를 증오한다 나는
증오한다 더러운 슬개
선홍색 간으로 위장한 저들

너의 생각을 먹고싶다 지금
인쇄기름 냄새를 짐짓 피우는 자
제복을 입은 자
가령 검은 옻칠 막대기에
금박자개로 지위와 이름을 새겨붙은 자들

나는 이름이 없다
생각이 없다
씨까지가 없다 그러므로
새김통의 위장도 없다 나는
없다 밥통이 큰 너희

가을이 정말 인긴 올까

너의 생간을 먹고 싶다 지금
인쇄기름 냄새를 짐짓 피우는 자
제복을 입은 자
가령 검은 옻칠 막대기에
금박자개로 지위와 이름을 새겨 넣은 자들

나는 이념이 없다
생각이 없다
싸가지가 없다 그러므로
새김통인 위장도 없다 나는
없다 밥통이 큰 너희

가을이 정말 오긴 올까

고백

나
살아
관
속에 있네

관 속에서
면도날 틈으로
남몰래 내다보네

저 순정어린 아수라 불빛

고백

나
살아
관
속에 있네

관 속에서
뗀도날 틈으로
남몰래 내다보네

저 순정어린 아수라불빛

— 관 속에 있네.
2020.

다르마타

종합병원 아내가 서울로 가고
관 속일까 오래된 소읍의
여기 14층 네모난 정적
엄마를 부르며 나오다가
아침햇빛과 만나 비틀,
재강이가 보내준 꿀떡을 먹는다
아내가 맞을 이승의 아침을 생각하며
저쪽 들판 KTX 직진과
이쪽 나무늘보 금강 사이
183킬로 햇빛 속으로 난 무수한 길들
재강이는 말수가 적어 나보다 깊다
세상의 모든 아우성이
유리창 깨고 떼지어 들어올 때
황홀한 끌림 14층 아래로
널브러진 흰 골수가 보이고
아침마다 너 경이로운 흰빛다발이여
깊지 않으면 무엇으로 날겠는가
말하지 않는 사랑이 보약이란 말
견디어 지킬 게 있다는 속임수
애야 학교 늦겠다, 어머니는
여전히 아침밥상을 차리고 있다

다리라타

종합병원 아내가 서울로 가고
관 속일까 오래된 소읍의
여기 14층 네모난 정적
엄마를 부르며 나오다가
아침햇빛과 만나 비틀,
재강이가 보내준 꿀떡을 먹으라
아내가 맞을 이승의 아침을 생각하며
저쪽 들판 KTX 직진과
이쪽 나뭇잎 금강 사이
183킬로 햇빛 속으로 난 무수한 길들
재강이는 말수가 적어 나붙다 깊다
세상의 모든 아우성이
유리창 깨고 떼지어 들어올 때
황홀한 끌림 14층 아래를
널브러진 흰 끝수가 보이고
아침마다 너 정이름은 흰빛다발이여
길지 않으면 무엇으로 날겠는가
말하지 않는 사랑이, 보약이란 말
견디어 지킬 게 있다는 속임수
야야 학교늦겠다, 어머니는
여전히 아침밥상을 차리고 있다

통학기차가 들 가운데를 지나오고
외할머니 삼우제에 간 재강이는
세상의 모든 묘지 앞에 엎드려 있는데
아직 별이 되진 않을 거예요 어머니
다시 강물과 다시 빠른 기차 사이
허공 높이 맞춤한 자리에서
날개가 촛가 진저리를 치며
살아서 걸정한 나의 붉은 피에게

통학기차가 들 가운데를 지나오고
외할머니 삼우제에 간 재강이는
세상의 모든 묘지 앞에 엎드려 있는데
아직 별이 되진 않을 거여요 어머니
다시 강물과 다시 빠른 기차 사이
허공 높이 맞춤한 자리에서
날개가 솟는가 진저리를 치며
살아서 끈적한 나의 붉은 피에게

아이러니

무섭지 않다고 말하고나면
무섭다
무섭다고 말하고나면
아프다
아프다고 말하고나면
슬프다
슬프다고 말하고나면
괜찮다
괜찮다고 말하고나면
눈물난다
울고나면 다시 우습다

인생이 본래 그렇다

아이러니

무섭지 않다고 말하고나면
무섭다
무섭다고 말하고나면
아프다
아프다고 말하고나면
슬프다
슬프다고 말하고나면
괜찮다
괜찮다고 말하고나면
눈물난다
울고나면 다시 웃는다

인생이 본래 그렇다

사당동 목로주점에서

양파와 더불어 볶인 쭈꾸미
양파 양배추는 흐물흐물한데
쭈꾸미는 아직 기골이 팽팽하다
잘 늙은 한 생애를 본 듯

옹이 박힌 너의 발을 씹으면
빌딩 틈새로 눈발 흐리다
옹이는 옹이대로 주름은 주름대로
먼 바다 이야기 옹골차게 깃들어서

빨판이 묵으면 옹이가 되는가
옹이가 천지사방 이야기를 물어와
골진 주름마다 세세히 쟁였는데
나의 찬 소맥을 쭈꾸미, 네가 데우는구나

서른 번 이상 씹어주세요,
위암 전문 의사가 눈발 아래로 지나고나면
젖은 네 옹이 오래 씹고나서 툭
저는요 본래 이야기꾼이거든요!

사당동 목로주점에서

양파와 더불어 볶은 쭈꾸리
양파 양배추는 흐물흐물한데
쭈꾸리는 아직 기골이 탱탱하다
잘 늙은 한 생애를 본 듯

못이 박힌 너의 발을 씹으면
빈당 틈새로 눈발 흐리다
몸이는 몸이대로 주름은 주름대로
먼 바다 이야기 옹골차게 깃들어서

발판이 묵으면 몸이가 되는가
몸이가 천지사방 이야기를 물어와
골진 주름마다 세세히 접혔는데
나의 찬 선택을 쭈꾸리, 네가 데우는구나

서른 번 이상 씹어주세요,
위암전문 의사가 눈발 아래로 지나가내면
젖은 네 몸이 오래 씹고나서 툭
저는은 볼래 이야기꾼이거든요!

개권원숭이들

지나간 챕터라 새로운 챕터
선금들이 맞서 복복-불르라고 박칠 때도
아수라 광고분자에 섞여
예절없는 세금고지서들이 날아온다
남은 죽들은 없다고 속삭이면서
그러니 뭘 어쩌란말인가
한때 사랑이라고 불렀던 것들을 이제
세종대왕이나 신사임당이라고 불러야한다
애초 집을 떠날 때 길가에 올망졸망
젊은 풀들이 풀개어 눕던 게 잊히지 않는다
연필로 쓰면 언제나 분명해지던 사랑
번뇌를 휴머니즘이라고 부르던 날들
너그러이 견디는 일이
차라리 수치스러워
한발의 힘센 개권원숭이들에게 오늘은
길을 묻는다 방독면의 안부를
나에게도 복복과 불르가 없진 않겠지만

아니야 나에겐 여전히 저녁이 있다
고즈넉한 우리네 지붕들의 노래
센놈들에게 맡기지않은 귀여운 비밀들과
어린 애인의 침이 묻은 아침숟가락들

개코원숭이들

지나간 캡틴과 새로 온 캡틴
센 놈들이 맞서 보복-분노라고 박칠 때도
아수라 광고문자에 섞여
예절 없는 세금 고지서들이 날아온다
남은 국물은 없다고 속삭이면서
그러니 뭘 어쩌란 말인가
한때 사랑이라고 불렀던 것들을 이제
세종대왕이나 신사임당이라고 불러야 한다
애초 집을 떠날 때 길가에 올망졸망
젊은 풀들이 포개어 눕던 게 잊히지 않는다
연필로 쓰면 언제나 분명해지던 사랑
번뇌를 휴머니즘이라고 부르던 날들
너그러이 견디는 일이
차라리 수치스러워
한낮의 힘센 개코원숭이들에게 오늘은
길을 묻는다 방독면의 안부를
나에게도 보복과 분노가 없진 않겠지만

아니야 나에겐 여전히 저녁이 있다
고즈넉한 우리네 지붕들의 노래
센 놈들에게 맡기지 않은 귀여운 비밀들과
어린 애인의 침이 묻은 아침 숟가락들

꼭대기의 길

너는 죽어라 꼭대기에 오르려 하지만
애당초 티켓을 끊을 때 배밀이로 갈 모래밭
그걸 잊어버린 거야 네가 도착할 종착역
티켓을 다시 좀 확인해 봐
다들 미쳤어 도착할 곳 어딘지도 잊고

기적소리가 들리면 내려야 해
플랫폼을 걸어나가면 문은 두 개가 있어
지상으로 이어진 문은 환하고
지하로 들어서는 문은 어두울 거야
선택할 권리는 없지 오직 압송되는 일

얼마나 멀리 떠나왔는지
너의 창은 회한의 얼룩으로 보이지 않고
통금시간 알리는 나팔소리 들릴 때
올 거 없어 네가 닦아온 길이잖아
사랑에 미칠 찬스조차 전무한 꼭대기의

꼭대기의 길

너는 죽어라 꼭대기에 오르려하지만
애당초 티켓을 끊을 때 배달이로 갈 모래밭
그걸 잊어버린거야 네가 도착할 종착역
티켓을 다시 좀 확인해 봐
다들 떠났어 도착할 곳 어딘지도 잊고

기적소리가 들리면 내려야 해
플랫폼을 걸어나가면 문은 두개가 있어
지상으로 이어진 문은 환하고
지하로 들어서는 문은 어두울거야
선택할 권리는 없지 오직 압송되는 일

얼마나 멀리 떠나왔는지
너의 창은 회한의 얼룩으로 보이지 않고
통금시간 알리는 나팔소리 들릴 때
울지 없어 네가 닦아온 길이잖아
사랑에 미칠 찬스조차 전부한 꼭대기의

숨김 옥탑

소원

살아 있는 이들의 욕망이 모여
아침놀빛이 되고
죽은 이들의 정한이 모여
저녁놀빛이 된다네
나는 아침놀 저녁놀빛도 싫네
그리운 그대의 발치에 가서
작은 씨앗으로 엎드려 있겠네
있어도 없는 것처럼 엎드려 있겠네
그뿐이네

소원

살아있는 이들의 욕망이 모여
아침놀빛이 되고
죽은 이들의 정한이 모여
저녁놀빛이 된다네
나는 아침놀 저녁놀빛도 싫네
그리운 그대의 발치에 가서
작은 씨앗으로 엎드려 있겠네
있어도 없는 것처럼 엎드려 있겠네
그뿐이네

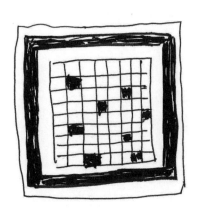

비밀

알고 보면,
꽃은 절벽에서 온다

너만 한 비밀이 없어
나는 이리 비어 있구나

비밀

알고보면,
꽃은 절벽에서 온다

너만한 비밀이 없어
나는 이리 비어있거나

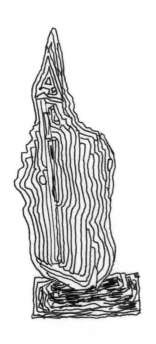

봄을 기다리며

네가 그리운 날엔
소나무 그늘에서 카프카를 읽어
불안은 병이 아니야
스키니 진을 입은 소나무와
광대복을 입은 카프카가 만나면
활 상으로 끌리는 네 치맛소리를 듣지
손 안에 들면 고통도 꽃이 돼
봄 되면 우리 함께 울 날이 올 거야
그거 알아 눈물에 섞인 세로토닌
네가 부디 첫맘으로 정화되기를
멀리서 다가오는 발소리 들리거든
꽃사슴 나인 줄 알고 문을 열어줘
오색향기 새봄이 오고 있는걸

봄을 기다리며

네가 그리운 날엔
소나무 그늘에서 카프카를 읽어
불안은 병이 아니야
스키니 진을 입은 소나무와
광대복을 입은 카프카가 만나면
환상으로 끌리는 네 치맛소리를 듣지
손 안에 들면 고등도 꽃이 돼
봄 되면 우리 함께 올 날이 올거야
그거 알아 눈물에 섞인 세로토닌
네가 부디 첫맘으로 정화되기를
멀리서 다가오는 발소리 들리거든
꽃사슴 나인 줄 알고 문을 열어줘
오색 향기 새봄이 오고 있는걸

두 손 모으고 하는 말

먼 훗날 가을 아주 깊으면
옹골차게 여문 씨앗이 됐다가

이른 봄 물 만나
논스톱으로 막 터지고 싶다

두 손 모으고 하는 말

먼 훗날 가을 아주 깊으면
옹골차게 여문 씨앗이 되었다가

이른 봄 물 만나
논스톱으로 막 터지고 싶다

은행나무

오버페이스는 더러 있었지만
헐떡거리진 않았다 곧게 걸어
나 여기 왔다 이 은행나무 아래
오래 머물렀으면 너처럼
물들었을까 황금색상으로

네게 가는 길이
아직도 이리 멀구나

은행나무

인터페이스는 떨려 있었지만
헐떡거리진 않았다 곧게 걸어
나 여기 왔다 이 은행나무 아래
오래 머물렀으면 너처럼
물들었을까 황금색상으로

네게 가는 길이
아직도 이리 멀구나

장엄과 감미

나의 감미는
저 소나무 영롱한 속눈썹에 있고

나의 장엄은
다르마타가 부르는 멸망에 있으니

이 햇살 좀 봐
길은 천 갈래 멀고도 가깝구나

장엄과 감미

나의 감미는
저 소나무 영롱한 솔닢섶에 있고

나의 장엄은
타끄마타가 부르는 멸망에 있으니

이 햇살좀 봐
길은 천갈래 멸로즘 가깝구나

더러

두 눈 부릅뜨기 싫어
더러 치매에 걸리고 싶은 날은
어김없이 바람이 분다
내가 죽어 바람이 된다면
아우성은 제트바람으로 하늘에 올리고
온수 같은 낮은 목소리들일랑
명주바람에 실어 뭇사람 귀를 적시고
아주 심심한 날이면
시베리아로 날아가는 개똥지바퀴
저 눈썹에 머물고 싶다 하얗게
베링해까지 쾌속 전진하는 KTX
만약 내가 바람이라면

더러

두 눈 부릅뜨기 싫어
더러 치마에 걸리고싶은 날은
어김없이 바람이 분다
내가 죽어 바람이 된다면
아무소리는 제트바람으로 하늘에 올리고
온수 같은 낮은 목소리들일랑
12월 주바람에 실어 뭇사람 귀를 적시고
아주 심심한 날이면
시베리아로 날아가는 개똥지바퀴
저 눈썹에 머물고싶다 하얗게
벼랑하까지 쾌속전진하는 KTX
만약 내가 바람이라면

기도 1

지난날은 위로가 되고
오늘은 싱싱하고
앞날은 감미롭다
그런가
지난날은 회한이 되고
오늘은 무미하고
앞날은 혹 불안하지 않은가
아니다
지난날은 풍경이 되고
오늘은 흐릿하고
앞날은 아주아주 간소하기를

기도 1

지난 날은 위로가 되고
오늘은 싱싱하고
앞날은 감미롭다
그런가
지난 날은 회한이 되고
오늘은 무미하고
앞날은 혹 불안하지 않는가
아니다
지난 날은 평강이 되고
오늘은 흐뭇하고
앞날은 아주아주 간소하기를

실체적 자유에 대하여

사는 거 별거 없어
쓸데없는 데
기 쓰다 죽을지언정
남몰래 간 그 별에서
나는 젊은 뱀장어
네 식칼에 번쩍
허리가 잘릴 때
아무렴 나는야 아나키스트
그거면 되는 거지
사는 자유

실체적 자유에 대하여

사는 거 별거없어
쓸데없는 데
기 쓰다 죽을지언정
남몰래 간 그 별에서
나는 젊은 뱀장어
네 식칼에 번쩍
허리가 잘릴 때
아무렴 나는야 아나키스트
그거면 되는 거지
사는 자유

자화상

나는 광야에서 태어났지요

해를 등지고 먼 곳에서 온 청년이
문간에 당도해 모자를 벗어 털고 있다

서둘러요, 문은 열려 있어요!

자화상

나는 광야에서 태어났지요

해를 등지고 먼 곳에서 온 청년이
문간에 당도해 모자를 벗어 털고있다

서둘러요, 문은 열려있어요 !

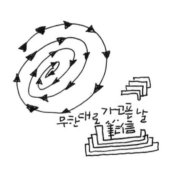

살의

조심해 내 안에 칼이 들어 있어
태곳적 칼이지 아직도 녹슬지 않는
익산 중앙동이던가 흐린 날
낡은 침대 질 나쁜 스프링 소리 들으면서
아귀 찬 동맥을 잘랐던 칼
청춘의 숨가쁜 이정표를 지나고
안양천 그 땟국물에서도 살아남았던 칼
당신 붉은 피가 여전히 그립네
도와줘 바람을 베고 싶어서
지금 곧 미칠 거 같아

살의

조심해 내 안에 칼이 들어있어
태곳적 칼이지 아직도 녹슬지 않는
익산 중앙동이던가 흐린 날
낡은 침대 질나쁜 스프링소리 들으면서
아귀 찬 동맥을 잘랐던 칼
청춘의 숨가쁜 이정표를 지나고
안양천 그 땟국물에서도 살아남았던 칼
당신 붉은 피가 여전히 그립네
도와줘 바람을 베긴실어
지금 곧 비칠 거 같아

기도 2

먼 이 다음에
내가 머물던 자리마다
다 숲이 되면 좋겠다
내가 화염이던 곳
내가 한숨이던 곳
내가 분열이던 곳
내가 슬픔의 사랑이던 곳
다 풀밭이 되면 좋겠다

기도 2

먼 이 다음에
내가 머물던 자리마다
다 숲이 되면 좋겠다
내가 화염이던 곳
내가 한숨이던 곳
내가 분열이던 곳
내가 슬픔의 사랑이던 곳
다 풀밭이 되면 좋겠다

겨울 소나무

저기 오랜 한 생이
쏟아져 우는구나

눈덮여 쓰러진 소나무
영하 16도라는데

쏟아지려고 쌓은 거지
장엄해지려고

얼마나 먼 길이었던가
묻는 이 없는 적막한 귀퉁이 오늘

겨울 소나무

저기 오랜 한 생이
쏟아져 우는구나

눈덮에 쌓여진 소나무
영하 16도라는데

쏟아지려고 쌓은 거지
장엄해지려고

얼마나 먼 길이었던가
묻는 이 없는 적막한 귀퉁이 오늘

동행

함께 도란도란 걸으면
먼 길이 가깝다

혼자 고요히 걸으면
가까운 길도 깊다

가랑비 가랑가랑 오는 날엔
혼자, 당신과 함께 걷고 싶다

동행

함께 도란도란 걸으면
먼 길이 가깝다

혼자 고요히 걸으면
가까운 길도 길다

가랑비 가랑가랑 오는 날엔
혼자, 당신과 함께 걷고 싶다

혼자
혼자함께
2020.11

나의 뉴월드에게

도심의 작은 역 4번 출구
반짝이는 뉴월드부동산 앞에서
이제 네 봄날을 찾아가야지
아무렇지 않게 너를 보내고 나는
혼자 북으로 가는 열차를 탄다
네가 가는 남쪽 기슭에는
벌써 꽃이 피고 있다 뉴월드
우리 다시 만날 수 없겠지
나는 봄꽃보다 더 빨리 북진한다
머무는 역마다 화살표는 오직
북쪽으로만 기울어져 있는데
너는 뉴월드, 시간이 둥글어지려면
얼마나 깊은 저녁을
얼마나 멀리 걸어야 하는 걸까

나의 뉴월드에게

도심의 작은 역 4번 출구
반짝이는 뉴월드부동산 앞에서
이제 네 봄날을 찾아가야지
아무렇지않게 너를 보내고 나는
혼자 북으로 가는 열차를 탄다
네가 가는 남쪽기슭에는
벌써 꽃이 피고있다 뉴월드
우리 다시 만날 수 없겠지
나는 봄꽃보다 더 빨리 북진한다
머무는 역마다 화살표는 오직
북쪽으로만 기울어져 있는데
너는 뉴월드, 시간이 둥글어지려면
얼마나 깊은 저녁을
얼마나 멀리 걸어야하는걸까

태생

어느덧 취꽃이 피었는데
왜 이리 맘 내려놓을 데 없나 했더니
네놈 태생이 바람이라 그렇구나
뒤돌아볼 거 없이 가거라
머뭇거리면 그게 바람이겠느냐

태생

어느덧 취꽃이 피었는데
왜 이리 맘 내려놓을 데 없나했더니
네놈 태생이 바람이라 그랬구나
뒤돌아볼 거 없이 가거라
머뭇거리면 그게 바람이겠느냐

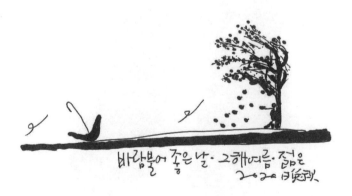

바람불어 좋은 날·그해여름·젊은
二〇二〇 박윤희

2 너머

보금자리

라인홀트 메스너 왈 '우린 그곳-죽음의 지대에서 말하지 않고도 다 통했어요' 하고 고백하자 예지 쿠쿠츠카는 '해발 8000의 협곡을 변기로 사용해보지 않은 자는 알지 못하는 세계'에 대해 말했었지

밀란 쿤데라 지적처럼 그들은 모두 신의 창으로 들어갔고

참 그리움은 단 하나
초월의 보금자리에 깃드는 것

주) 라인홀트 메스너 : 산악인. 세계 최초 에베레스트 무산소 등정.
　예지 쿠쿠츠카 : 산악인. 세계에서 두 번째로 히말라야 14좌 완등.
　밀란 쿤데라 : 소설가.

혼술

혼술 마신다. 달과 화성과 금성이 일렬로 서는 날이라 해서 그걸 보려고 뜰로 나가다 눈밭에 넘어지고 만다. 취한 모양이다. 고개 드니 눈썹 같은 달과 나란히 선 샛별이 후다닥 가슴에 들어와 금강석으로 박힌다. 벚나무 마른 가지가 금강석 샛별 모서리를 쪼개고 들어와 있다. 일찍이 신라 최치원이 노래하기를 '동국의 화개들은 병 속의 별천지라네. 선인이 옥베개를 밀치고 깨어보니 세상은 홀연히 천년이 지났구나' 했거니와 허당걸음으로 돌아왔더니 탁자 위 술잔이 난데없이 옆으로 쓰러져 있다. 내가 눈밭에 쓰러져 있을 때 당나라까지 문명을 떨친 신라 시인 최치원 거사가 다녀간 모양이다. 물경 1200여 년 거리가 무상으로 한통속 넘나든다. 무릇 달빛과 눈빛과 술빛이 몸 섞으면 시간도 자유자재 원숭이 몸 뒤집듯 하는구나. 아무래도 눈밭에 나가 어화둥둥 춤이라도 추어야 할 모양이다.

임아, 여직도 그대는 저기 저 호수를 넘지 못했는고.

무명

오랫동안 내 꿈은 '인생을 이해한다'고 말하는 것이었는데 친구여, 나는 여전히 무명 속에 있네, 이 나이에 알게 된 건 겨우 인생이란 일종의 불면 같은 거라는 것.

문장의 기원 — 담배를 끊으면서

　　반세기가 훨씬 넘는 긴 시간 동안의 흡연이 폐암을 불러왔다고들 말하지만 나는 후회하지 않는다. 긴 시간 줄기차게 솟아나온 내 문장들이야말로 모두 흡연의 자식들이기 때문이다. 좋은 문장은 긍정으로 잉태되고 사랑으로 자라는 게 아니다. 좋은 문장은 분열로 잉태되고 자학으로 자란다. 흡연은 자학의 손쉬운 한 방편이다. 그러므로 흡연은 죄가 없다. 죄가 있다면 흡연이 아니라 내가 나라고 불러온 그것에 있을 터, 나는 끝내 폐암, 죽음과도 좋은 친구가 될 것이다.

별2

나는 어제 나의 사랑을 줄이고 줄여서 물방울만 하게 만들었다. 앞섶에 묻어도 누구든 눈치채지 못했다. 나는 오늘 나의 슬픔을 줄이고 줄여서 솜털처럼 만들었다. 어디에 올려놓아도 무게를 전혀 느낄 수 없었다. 나는 내일 내가 꿈꾸는 영원을 줄이고 줄여서 나만의 몽당연필로 만들 것이다. 깊이 눌러 쓰고 싶은 남은 문장은 단 한 문장뿐이니까.

청춘

강경역을 혹 아시는가. 늙고 지친 박수무당 같은 그곳에 가면 소멸의 바람결 나지막이 흐르는 뙤약볕 아래 남색가 장 주네의 '도둑일기'를 옆구리에 낀 열일곱 살, 오래전의 그가 걷고 있다. 철길을 따라 둘러쳐진 녹슨 철조망이 그의 길이다.

검은 대마지 교복은 수인의 그것처럼 무겁다.

철조망 밑엔 붉은 피 맨드라미가 다발로 피어 있고 정오의 뙤약볕은 타타타타, 소리 없이 기관총을 난사하고 있다. 아우슈비츠에서 인민재판까지, 노근리까지, 그리고 숨죽인 분토골 어머니 울음 밑까지. 도루코면도날처럼 예민한 그는 뙤약볕에서 사멸 없는 세계의 광기를 보고 맨드라미에서 죽어가는 수억 수천만 닭볏들의 아우성을 듣는다.

맨드라미는 뙤약볕이 모여 옹골찬 덩어리가 돼야 핀다. 그가 오관으로 수신하여 상정한 전선은 전 지구에 걸쳐져 있으며, 지독하게 치밀하고 구조적이다.

무기수 장 주네가 고개를 빼고 맨드라미를 내려다본다.

기차가 오는가. 반지르르 빛나는 철길이 다가오는 세계적 광기를 수신하느라 몸을 떨고 있다. 맨드라미는 아직 태연자약하다. 멍청한 태연자약은 보편의 죄악이고 예민한 면도날은 고유성의 죄악이다.

그는 다급하게 맨드라미꽃을 뜯어 철길 위에 늘어놓는다. 살의가 풍뎅이처럼 온몸을 부풀리는 순간의 황홀감이 그를 사로잡고 있다. 툭, 철조망 밑으로 장 주네가 떨어지는 순간, 거대한 급행열차가 뙤약볕을 박차고 와 맨드라미 위로 광포하게 지나간다. 맹목의 금속성 때문에 꽃들의 비명은 들리지 않는다. 정오의, 불지옥 전선이다.

그는 귀를 막고 본능적으로 뒷걸음질 친다.

다시 정밀한 정적이 오고, 그는 엎드려 철길의 자갈밭을 본다. 결과는 무참하다. 문드러진 맨드라미 살점들이 뙤약볕 자갈더미 밑에 여기저기 흐트러져 있다. 검은 피, 맨드라미가 무결점의 세계였다고 말할 수는 없지만 맨드라미가 신의 정당한 체계인 건 확실하다. 부서진 것들은 이제 죽은 핏물의 작은 응고에 지나지 않는다. 인정머리 없는 뙤약볕만 남았을 뿐이다. 철조망을 붙잡고 서서 그가 몸을 떨며 남몰래 눈가를 닦는다.

아, 청춘이 본래 그러하다.

애

마의태자가 비 내리는 깊은 밤 휴대폰으로 전화를 걸어왔다.

이승에서 떠나고 천년이 훨씬 지났지만 여전히 자주 애-창자가 끊어진다고 마의태자는 말했다. 당신의 애가 무엇이냐고 내가 반문했다. 조국-신라라고 할 줄 알았는데 마의태자는 '나의 애는 나'라고 대답했다. 나는 고개를 끄덕거렸다. 나 역시 매일 애가 끊어져요. 나는 침울한 목소리로 말했다. 나의 애도 마의태자의 그것과 다를 바 없었다.

우리는 긴 시간의 간격을 뛰어넘어 함께 귀 기울여 우리들의 내부에서 애가 끊어지는 소리를 한참 동안 들었다. 시간의 편차 때문일까, 마의태자는 평온하게 그 소리를 들었으나 나에겐 그 소리가 끔찍했다.

애가 끊어지는 소리를 듣지 않을 좋은 수는 없겠소? 내가 물었다. 없소! 마의태자는 단언했다. 마의태자는 애가 끊어지는 소리를 계속 들어야 비로소 사람이라 부를 수 있다고 덧붙였다. 그 말은 내가 보편적 가치에게 삶을 통째 맡기는 타입이 아니라는 말처럼 들렸다. 지속적으로 애가 끊어지는 자야말로 진짜 살아 있는 존재라는 뜻이었다.

위로는 되지 않았다. 어두운 비정상적 충동이 평생 나를 괴롭히고 있다는 걸 마의태자는 잘 모르는 것 같았다. 나보고 반역자가 되라는 말처럼 들리네요. 어둡고 위험한 충동에서 빠져나가 밝고 안정된 보편 속에 들고 싶은 내가 자조적으로 대꾸했다.

칸트가 일찍이 지적한 바 인식 저편의 '폭풍우 치는 망망대해'에 몸을 내던지고 싶은 충동은 언제나 내게 무서운 형벌이었다. 당신은 약한 인간이 아니오. 마의태자는 웃으면서 내 가슴을 쿡 찔렀다. 문제는 당신이 스스로 약하다고 엄살을 떠는 나쁜 습관을 갖고 있다는 거지. 그건 자기기만이오. 자주 비명을 질러대기 때문에 사랑하는 이의 애가 끊어지는 소리를 주의 깊게 듣지 못하는 건 물론 본인의 고통도 배가시킨다는 것.

마의태자가 내게 전화를 걸어온 건 그걸 지적하기 위해서였다. 안벽 깊은 곳에 똬리 틀고 있는 맹목적 의지가 주는 고통을 단독자의 결단으로 제압할 수 있다면 비명이 좀 잦아들 거라고 충고하면서, 어쨌든, 살아 있는 한 당신에게 애가 끊어지지 않는 평온한 시간은 오지 않을 거요. 습관적 사고를 거부하려는 반역자의 기질을 부여받고 태어났거든. 마의태자는 덧붙였다. 그 의지라는 게, 본래 맹목이며 인과성이나 어떤 시간의 제약도 받지 않는다고 일찍이 지적한 건 쇼펜하우엘이었다. 앎은 그러나 무용지물이었다.

그 순간 내 속에서 다시 애가 드드득 끊어졌고, 나는 당연히 비명을 질렀다. 마의태자가 빙긋 웃었다. 마의태자는 자신의 애가 끊어지는 소리를 마치 바람소리처럼 듣고 있었다.

약한 척 위장하지 마요. 눈 부릅뜨고 고통으로 나아가야지. 나를 좀 봐. 지금의 그 모습은 당신, 아니 우리의 참이 아니라구!

마의태자가 마지막으로 한 말이었다. 시간에게 핑계대고 싶었지만 단순히 그냥 기다리면 도달하는 차원은 아닐 터였다. 관습을 향한 일관된 반역의 오랜 고통이 사람을 별이 되도록 인도하는 건 혹시 아닐까. 마의태자가 부러워 그날 밤 나는 혼자 엎드려 오래 기도했다.

간절히 그곳, 마의태자의 오래된 처소-금강산으로 가고 싶었다.

내 연장통

아주 오래전, 어쩌면 태어나기도 전에, 누가 내게 연장통을 하나 들려주었다. 오로지 너 자신을 위해서만 사용해야 돼! 커다란 그림자일 뿐인 그가 말했다. 나 자신의 참 존재를 보전하는 데 오로지 고해성사를 하듯 사용해야 한다면서.

나는 그의 말을 막연히 신뢰했으나 세상엔 그것보다 더 많은 연장들이 이미 존재했다. 나는 세상이 주는 연장들에게 끌렸고, 그래서 그들을 사용하며 내 존재의 표상을 세우려고 일구월심 노력했다. 세상이 준 연장들이야말로 내 것이라고 굳게 믿고.

세월이 한참 지나고, 세상의 연장들로 나를 구하는 게 한계가 있단 걸 알았을 때 비로소 나는 다급히 그가 준 연장통을 찾았다. 그러나 너무 오래전에 버렸으므로 어디에 두고 온 건지 도무지 생각나지 않았다. 일흔 살이 넘었을 때의 일이었다.

나는 늦지 않았다고 소리치며 처음엔 걸어온 길을 되짚어가려고 했다. 하지만 허세에 불과했다. 시속 300의 KTX가 지나는 들녘에 파편처럼 남은 건 몇몇 금속성 물건들과 뽑혀 나온 성긴 머리칼들과 관상동

맥류 등의 질병에 대한 허접한 정보뿐이었다. 세상이 준 연장으론 어림도 없었다.

어느 날 꿈에 큰 그림자인 그가 나타났다.

잃어버린 내 연장통을 그가 들고 있었다. 애초 너에게 꼭 맞춘 연장들이 아직 이 속에 들어 있긴 하지만. 그는 슬픈 표정으로 말하면서 내가 오래전에 버렸던 그 연장통을 머리맡에 놓아주었다. 통 안의 연장들은 그 사이 녹이 슬고 마모돼 하나도 쓸 만한 게 없었다. 헐거워진 늙은 집게로 썩은 어금니 하나를 간신히 뽑았을 뿐이었다. 내가 지닌 마지막 어금니였다.

나는 엎드린 채 회한으로 울었다.

조종자의 이야기

한 남자가 있었다.

이유 없이 슬퍼서 혼자 운 날도 있었고 큰일도 아닌데 분노해 유리창을 깨느라 피칠갑이 된 적도 있었으며 혼곤한 꿈자리에서 깨어나는 순간 난데없이 죽고 싶어 손목을 면도날로 그은 순간도 있었다. 그 모든 일엔 이유가 있는 것도 같고 이유가 없는 것도 같았다. 분명히 이유가 있다고 생각했던 것도 얼마 지나고 나면 이유가 불분명해졌다. 그는 자신의 희노애락애오욕을 도무지 믿을 수가 없었다. 무엇인가에 의해 자신이 치밀하게 조종되고 있다고 느꼈다.

그는 한숨을 쉬었다.

무엇이 나를 조종한단 말인가. 조종자는 어디에 있는가. 다른 모두에게도 역시 조종자가 있다면 나를 존재하게 한 나의 가족, 내 삶의 덩어리를 맺게 한 나의 친구들, 내 사랑하는 애인도 그림자에 불과한 거 아닌가. 그는 그러나 모든 게 허깨비였다고 말할 수는 없었다. 그것은 굴욕이자 끔찍한 부조리였다.

그는 곧 길을 떠났다.

평생을 바쳐서 단 한 번이라도 조종자의 얼굴을 볼 수만 있다면 생을 낭비했다는 말은 듣지 않을 터였다. 그것이야말로 살아 존재하는 것들의 참된 알리바이가 아니겠는가.

그는 오랜 세월 조종자를 찾아 땅끝까지 헤매고 다녔다.

나를 조종하는 자를 혹시 알고 있나요? 만나는 사람마다 그는 물었다. 사람들은 모두 고개를 가로젓거나 혀를 찼다. 젊은 사람이 돌았다고 여기고 안타까워하는 눈치가 역력했다. 미칠 거 같았다. 사람들이 자신의 조종자에게 너무 무신경하다는 사실에 대해 그는 처음 너무 한심했고 그다음엔 너무 화가 났으며 마지막엔 완전히 절망했다. 더 이상 사람들에게 묻는 건 무위한 짓이었다. 오로지 혼자 조종자를 찾아내는 길밖에 없었다.

보나마나 조종자는 가장 은밀하고 깊은 곳, 생의 중심이라고 불러야 할 곳에 정좌하고 있을 거라고 그는 상상했다. 조종자를 찾아 그는 땅끝까지 갔다. 더 이상 찾아 헤맬 땅이 없었다. 그는 이번엔 세상의 모든 강을 쫓아 흘렀다. 수천의 강들이 제각각 흘러 최종적으로 바다에 모여들고 있었다. 때로 그는 깊은 강바닥까지도 내려가보았다. 조종자는 여전히 오리무중이었다.

강이 끝나는 곳에서 바다가 이어졌다.

그는 멈추지 않고 바다를 헤맸으며, 헤매다가 바다 밑으로 내려갔다. 수초들이 나부끼고 산호초가 빛나는 게 보였다. 하지만 그것은 잠시뿐이었다. 더 많은 헌신을 바다 밑이 자신에게 요구하고 있다고 그는 느꼈다. 헌신은 준비되어 있었다. 그는 그리하여 밑으로, 더 밑으로 나아갔다. 바다는 어둠 속에서 계속 깊어지고 있었다.

네가 죽음을 요구한다면 기꺼이 바칠게. 그는 미지의 조종자에게 중얼거렸다. 애초 생애를 다 바쳐도 좋다고 여긴 지향이었으므로 더욱 끈질기게 그는 그 길을 갔고 마침내 대양의 가장 어둡고 깊은 중심에 이르렀다.

어둠의 뿌리라고 할 만한 곳이었다. 문제가 있다면 그것이었다. 조종자를 만난다고 하더라도 어둠이 너무 깊어 알아볼 방도가 없었다. 알아보지 못하면, 존재 자체가 없는 셈이 아니던가. 무위한 결과를 쫓아 평생을 소비했다는 걸 그가 겨우 눈치챈 순간이었다.

그는 처음 떠났던 원점으로 되돌아 나오려고 했다. 원점은 바람이 불거나 꽃이 피거나 비가 오거나 더러 햇빛이 찬란했던 곳이었다. 고향, 혹은 타향인 곳. 하지만 어두워 길을 찾을 수가 없었다. 어둠 속에선 가도가도 그 자리가 그 자리였다. 어느 쪽이든 길은 전무했다. 그는 지쳤으며, 그러므로 이제 숨을 쉴 최소한의 힘조차 남아 있지 않았다.

결말이 다가왔다.

죽음과 만나는 찰나 마지막 남은 숨을 그는 간신히 뱉었다. 겨우 1그램의 숨이었다. 결별이라 해도 좋을 순간, 그의 주검이 더 깊은 바다 밑으로 내려갈 때, 그가 뱉은 1그램의 숨은 작은 물방울이 되어 유연히 상승했다.

　그의 주검은 수직하강, 그의 숨 1그램은 수직상승이었다. 떠오르고 떠오른 물방울 한 점, 숨이 해면에 도달했을 때, 바다 위엔 부드러이 바람이 불고 있었다. 1그램 숨방울은 바람과 부딪쳐 가볍게 부서졌다. 남은 것은 무심한 파도뿐이었다. 그가 평생 찾아 헤맸던 조종자, 생의 중심이 바로 거기 있었다.

　거기, 무심히 나부끼는 그 바람결-그 마지막 숨결에.

헤넬 도레, 나의 노래

본래 나는 은하계 너머 작은 별에서 살았다. 사랑하는 낭군은 먼 전장에 나가 오랜 세월이 지나도 돌아오지 않았다. 다행히 그 별에서의 나는 시간이 지나도 늙는 일이 없었다. 나는 언제나 스무 살 꽃다운 자태를 갖고 있었다

많은 남자들이 청상인 내게 구혼을 해왔다.

권력을 가진 자가 말했다. "당신께 수백의 노예를 주고 수천의 사람들 또한 당신 앞에서 머리를 조아리게 하겠소!" 수백의 노예가 나의 지시를 기다리고 수천의 사람들이 내 앞에 머리 조아릴 걸 상상하니 끔찍했다.

재산을 많이 가진 자가 말했다. "당신에게 황금으로 된 집을 지어주고 황금으로 만든 드레스를 입히고 황금관을 씌워주겠소!" 황금드레스와 황금관에 눌려 몸이 바스러질 걸 생각하니 전율이 왔다.

지식을 깊이 가진 자가 또 말했다. "당신이 세상의 모든 사물과 세상의 모든 이치를 알도록 해주겠소!" 밤낮없이 세상의 모든 걸 알고 있

어야 하다니 오, 나는 그만 진저리를 쳤다.

그들은 모두 내가 뭘 원하는지 모르고 있었다.

나는 대답했다. "미안해요. 내가 낭군의 부탁을 받아 시아버지의 옷(수의)을 떠 드리기로 해서요. 이 수의를 완성하면 세 분 중 한 분에게 시집을 갈게요." 나는 그러고 나서 정말 뜨개질로 옷을 뜨기 시작했다. 그것은 나의 지혜로운 계략이었다. 그들이 볼 수 있는 낮엔 열심히 옷을 뜨고 그들이 잠자는 밤엔 떴던 옷을 풀어버렸다.

3년이 그렇게 지났다.

옷(수의)은 결코 완성되지 않았지만 마음만 먹으면 무슨 실로든 무슨 옷이든 나는 세상에서 가장 아름다운 옷을 만들 수 있게 되었다. 사람들은 나를 '페넬로페'라는 본래의 이름 대신 '장인'이라고 불렀다.

그리운 낭군은 여전히 돌아오지 않았다. 나는 남몰래 길을 떠났다. 나의 별로 돌아오는 길을 잃지 않으려고 내 창고에 은밀히 쌓아두었던 오색실을 늘어뜨리며 걸었다. 길이 곧 나의 꿈 나의 사랑이라고 생각했다. 백 년쯤 걷고 났더니 지평선 너머 붉고 푸른 낯선 별이 보였다. 그리운 낭군이 그곳에 있을 터였다. 나는 여전히 떠나올 때 그대로 스무 살 꽃다운 모습을 하고 있었다.

그렇게 나는 지구에 왔다.

수십 년, 땅끝 물 끝까지 찾아 헤맸으나 그리운 낭군은 찾을 수 없었다. 어떤 이는 그가 죽어 신선이 되었다고 했고 어떤 이는 그가 다른 별로 진군을 계속하고 있다고 했고 어떤 이는 그가 지구인이 되어 찾아도 알아보지 못할 거라고 했다. 그렇게 말하는 지구인들은 자주 가면을 쓰고 다녔고 모두 다중인격을 갖고 있었다. 착하면서 악하고, 조용하면서 시끄럽고, 뜨겁게 만나면서 잔인하게 이별했고, 욕망하면서 욕망하는 걸 수시로 망가뜨렸다. 이해할 수 없는 존재들이었다. 내가 살던 별에 그런 이상야릇한 존재는 없었다.

이해할 수 없다고 생각하고 나자, 그 격절 때문에 갑자기 나는 아주 외로워졌으며 이후, 내 몸이 빠르게 늙기 시작했다. 다른 지구인들과 달리, 나에겐 중년-장년-노년의 보편적 단계가 없었다. 스무 살에서 갑자기 추락, 어느 날 아주 늙은 노인의 얼굴이 되었다. 나는 머리칼이 하얗게 세고 등이 굽고 주름살이 단애를 이루고 있는 나를 불현듯 보았다. "내 별로 돌아가야 돼!" 나는 중얼거렸다. 그리운 낭군은 이미 본래의 내 별에 돌아가 있을지도 몰랐다.

나는 다시 길을 떠났다.

등이 굽고 발가락도 여기저기 부르텄으나 다행히 늘어뜨리고 온 실 때문에 길을 잃을 염려는 없었다. 늘어뜨린 오색실을 따라 걸으며 나는 그 실을 회수해 소중히 간직했다. 늙은 몸에 그 실타래까지 짊어지고 가면 당신의 별은 고사하고 그 반도 못 가 죽을 것이오. 어떤 나그네가 충고했다. 도대체 왜 그걸 회수해 짊어지고 가는 것이오? 나는 그냥 웃었다. 내가 내 별로 돌아가 이 실로 우주에서 가장 아름다운 낭군의 옷을 짤 거예요, 라고 말하면 보나마나 나그네는 에이! 하고 비웃을 터였다. 나는 여전히 아무도 모르는 청년의 꿈을 갖고 있었다.

비밀이므로 내 꿈이 더 아름다웠다.

먼 길이었지만 오색 실타래를 지니고 있어 나는 아무것도 두렵지 않았다. 사랑해요 당신! 꿋꿋하게 걸으며 나는 중얼거렸다. 사랑하는 낭군에의 그리움이 남아 있고 내 고유한 오색실을 지녔으니 먼 길, 먼 시간 따위가 왜 두렵겠는가.

나의 집

나에겐 집이 세 채 있다. 내 소유로 된 집은 한 채뿐이지만.

첫 번째 집은 사랑의 공간이다.

파토스적 정염이 아니라, 사랑이라고 말하는 것에 주의를 기울여 주기 바란다. 아내와 부엌과 화분과 아이들의 추억들이 듬뿍 밴 갖가지 손때 묻은 소품들이 그곳에 있다. 오해와 오류의 여지가 많지만, 사랑은 사랑 자체의 힘을 갖고 있다. 그것은 부동심을 향한 인간의 영원한 이상이며 우리가 그것을 위해 헌신을 하든 말든 항구처럼 언제나 거기에 굳세게 존재한다. 깃드는 자는 그곳이 자신을 위해 존재한다고 여길는지 모르지만 항구는, 원래 항구에 소속되어 있을 뿐이다. 그런 의미에서 그것은 이데아적이다. 항구는 오로지 그곳의 지반을 참 주인으로 삼는다. 그것이 사랑의 최종적 윤리성이라 할 수 있다.

두 번째 집은 사회적 처소이다.

나는 첫 번째 집을 나와 주기적으로 그 집에 간다. '홀로 있을 때 가득 차고 더불어 있을 때 따뜻한 집'이라는 현판이 붙어 있다. 내가 깃들면 그 집의 대문은 늘 열려 있다. 들어오고 나가는 것에 어떤 제한을 두지 않는다. 내 것이라는 소유욕에서 이탈한 처소이기 때문이다. 너른 잔디밭에 군데군데 놓여진 의자엔 햇빛과 바람이 더러 앉았다 가고, 익은 과실들이 떨어져 더러 누워 있다 가고, 그리움이 많은 사람들이 또 더러 머물다 가곤 한다. 그중엔 내 마음에 연지곤지를 찍어주는 이도 있고, 그곳을 도구 삼아 제 얼굴을 높이려는 자도 있으며, 단지 슬픔과 고독과 상처를 부리기 좋은 어스레한 창고가 필요해 들른 사람들도 있다. 오래 살았기 때문에, 나는 배려심에 찬 정서적 공간의 확장, 또는 인간성 본체에 대한 통찰의 찬스를 늘리려고 애쓴다. 인간심리 기저에 대한 통찰이야말로 니체의 지적처럼 '삶의 형이상학적 짐'을 덜어주기 때문이다. 때론 함께 마시고 때론 함께 노래하고 때론 함께 토론하고 때론 함께 운다. 상처받은 이를 달래기 위한 달콤한 사탕도 있으며 목청 큰 사람을 잠재울 수 있는 독주도 구비되어 있다. 그 처소에서 필요한 건 적당한 진실과 안성맞춤의 작은 거짓말과 세련미로 포장된 넉넉한 비평이다. 그곳에서 나는 인간주의적 온정으로 연마해온 보편의 테크닉을 적극 활용한다(보통사람들은 사회적 공간에서 경제적 활동으로 바쁘겠지만 나는 돈 버는 일에서 완전 은퇴했다).

세 번째 집은 실존의 장소이다.

두 번째 집에서 자동차로 20여 분 거리에 자리 잡은 그곳은 광활한 들판과 유장한 금강 사이, 14층 구조물의 한켠 허공에 위태롭게 떠 있어서 마음먹기에 따라 세계와 완전한 격리가 가능하다. 발아래엔 쇠락해가는 담벼락들과, 머문 강과, 아우슈비츠에서 막 살아나온 것 같은 등 굽은 노인들이 어쩌다 지날 뿐인, 곰삭아 시나브로 내려앉는 텅 빈 거리가 있다. 논리와 인식에의 억압을 느낄 필요가 없는 공간이다. 그곳에 있을 때 나는 휴대폰을 꺼두고, 주로 굶으며, 죽은 사물들이 부활해 산 것들과 뒤섞이는 걸 자주 경험한다. 물론 그 침묵이 평화로 이어지는 것은 아니다. 나는 그곳에서, 세상 모두의 소통이 숨긴 기만을 미워하고 인간의 약탈적인 탐욕을 증오하며 집단과 체계의 반인간적 명령을 거부하거나 단호하게 학살한다. 불도 켜지 않는다. 괴기하고 은밀하다. 어둡고 잔인한 내적충동의 파충류들이 기어나와 벌거숭이로 놀기 알맞는 처소이다. 조용하지만 폭풍전야이고 어둡지만 펄펄 끓며 아무도 없지만 자아와 이드와 초자아가 범벅되어 나뒹구는 곳으로서, 피어린 전쟁터라고 할 수 있다. 나는 그곳에서 불멸의 제왕이거나 비루한 짐승이며, 천상과 시궁창을 단계 없이 넘나들 뿐 아니라, 서릿발 재판 미학적 처형도 주저하지 않는다. 디오니소스와 아폴론이 한통속이 되는 방, 현상과 인식이 똬리를 틀고 있는 방, 광기의 전략적 객관화와 고독의 명목적 주관화가 상시적으로 가능한 방, 그곳은 내적 빅뱅의 심연으로 들어가는 야생의 초입이라 할 수 있다.

작가로서 내가 사는 법은, 이 세 집을 번갈아 드나들며 그 경계의 벼랑을 보고, 기억하고, 반영하는 일의 반복이다. 평생 그래왔으며, 평생 그래왔으나 아직도 끝나지 않는 지난하고 고통에 찬 사이클이다. 이게 인생이라고 받아들이고 말면 잠시라도 속이 편하겠지만, 그러나 나는 오늘도 여기에서 당신들에게 독배를 등 뒤로 감추고 다시 묻는다. "이게 인생이란 말인가? 이런 괴물이?"

아니다. 또 있다. 정염의 방이다. 다른 별, 부록과도 같은 그 방은, 전후와 상하가 없고 고귀함과 비천함이 없고 이승과 저승의 가름이 없다. 내 죽음의 맨 얼굴일 것이므로 그 방으로 가는 길은 쉿, 비밀이다. 그곳의 심연에서 흔적조차 없이 산화하고 싶은 게 나의 숨긴 꿈이라고 할 수 있겠다.

나의 참 스승은 이 가을 어디쯤 오시는가.

붉은 피의 허공

내 피는 홍옥처럼 붉으나 그 안에 허공이 있다.

평생 그러했다. 언제나 나는 나의 문장을 갖고 놀았는데 소통은 한정적이었다. 문장의 일부는 늘 나를 배신했으므로 진실로 당신과 만난다는 느낌은 별로 들지 않았다. 나는 때로 사랑조차 믿을 수 없었다. 쓸수록 오해가 깊어진다고 느꼈고, 그럴 때마다 나는 외로워 죽고 싶었다.

당신들은 가까이, 그러나 투명한 강화유리벽 너머에 있었다. 대부분의 당신들은 내 비명을 제대로 듣지도 않았지. 그래도 바람 불고 비 내리고 더러 햇빛이 빛났다. 세상은 그것을 시간이라 불렀다. 세상과 나 사이-오해는 그로써 더 깊어졌다.

내 안에 봄풀 같은 어린애가 여전히 있고 내 안에 어둔 혼돈의 청년이 여전히 있고 내 안에 흰 두루마기를 입은 노년이 여전히 있었다. 나는 그것들을 삶의 지렛대로 차용하는 걸 거부했다. 시간차에 따른 보편적 복색을 한 자들에게 나는 자주 속삭였다. "엿먹어라!" 냉온탕을 번갈아 들락거리고 추락과 상승을 평생 시종했다. 그런 내가 불편하다고 말하는 사람들이 나이들수록 늘어났다. "은교같은 소설은 그만 써, 사람들이 불편해 해. 당신 노년이 위험에 처할 수도 있다고!" 어떤 당신은 충고했다. 고마운 충고라고 여겨 세상이 정해준 보편적 의자에 앉아 있으려고 한 적도 있었지만 선천성 문제인지 잘되지 않았다. 당신들보다 내가 더 불편했다.

넉넉한 중간이 나에겐 없었다.

나는 늘 붉거나 희었다. 그래서 나는 또 나만큼도 넉넉한 중간을 수용하지 못하는 장애 월드-세상에게 말했다. "엿먹어라!" 싱크홀 위를 걷고 있다는 위기의식을 느낀 적도 많았지만 빌어먹을, 그것이 나라고 여겼다. 자신을 애오라지 안전히 갈무리하면서, 사람들은 어떻게 항용 자신의 더운 목숨 떠받치고 있는 그 본체를 확인하고 사는지 알 수 없어 가끔은 어둔 저녁 남몰래 눈가를 적셨다. 사람과 짐승 사이, 아브락사스의 골짜기에 나는 내 영혼의 캠프를 치고 있었다.

봄빛을 받고 있는 고향 땅 호수를 오늘 오래 내다보았다.

멀고 먼 시베리아, 바이칼 호수가 문득 그리워졌다. 나는 고향땅의 탑정호를 그리운 바이칼 호수에 오버랩시켰다. 얼어붙은 바이칼이 흰옷을 벗은 채 내 앞에 누워 있다고 생각하니 가슴에서 더 큰 균열이 졌다. "어머니!" 나는 속으로 비명을 질렀다. 나는 아직도 사랑을 한 번도 온전히 만나지 못했고 그러므로 나는 여전히 위험한 짐승으로 벼랑길에 매달려 있다고 느꼈다.

한순간, 나의 붉은 핏물이 거칠게 흘러나가 햇빛 아래 호숫물과 뒤섞여 빠르게 가라앉고 있는 환영이 나를 사로잡았다. 그것은 내 안의 섬광, 내 안의 가없는 허공이었다.

나는 다만 깊고 푸른 심연으로 가고싶었다.

권총 총구를 입에 물고 방아쇠를 당길 때 에밀 아자르-로맹가리는 무엇을 보았을까. 엽총 자살한 헤밍웨이는? 연인과 함께 강으로 몸을 날린 다자이 오사무, 독주에 취해 생을 중절한 피츠제럴드는?

햇빛 이상으로 나의 핏속에 똬리를 튼 저기 저, 허공이 시간보다 더 투명하다는 걸 알겠다. 작지만 너-거대한 소용돌이 구멍. 피는 붉고 또 붉을진대, 내 안의 허공은 투명한 소용돌이로서 아, 눈이 부시다는 것. 산화를 향한 통절한 나의 그리움에 생살을 베어 푸르륵, 지금 여기, 나는 몸을 떨면서.

꿈

비가 와요. 호수는 아득하고 뒤란엔 여름잎새들 무섭게 솟아나고 있는데 이 고절한 풍경에 갇혀 나는 나의 '시인'과 함께 '진채'의 노래를 들어요.

시인답게 사는 게 내 평생의 꿈이었지요. 산문의 세계는 기실 잔인하기 이를 데 없어 차마 마주 보기 두려웠어요. 그래서 나는 내 혼의 체형에 맞는 비애의 안경을 만들어 쓰고 세상을 보았으며 그 안경 너머의 세계를 오직 기록하며 살아왔어요. 그게 지금은 정한으로 남는군요. 나는 왜 행복한 이들의 이야기를 쓰지 못했을까. 그들은 어디에 있는가. 존재하긴 존재하는가.

그래도 뭐, 큰 후회는 없어요. 사랑하는 나의 독자들, 친구들, 나의 가족이 여전히 곁에 있으니까요. 솔직히 앞으로도 계속 소설을 쓸 수 있을지는 잘 모르겠어요. 나는 상처받았고, 그것들은 내게 잔인하고 비루한 폭력에 지나지 않았으며, 그러므로 그것들에 저항할 수 있는 한 가지 길은 스스로 상상력의 우물을 닫아버리는 자멸적 반역이었다는 걸 이해해달라고 말하진 않겠어요. 좀 더 시간이 필요한 일이겠지요. 나는 그동안 수십 권 소설을 죽어라 썼으니, 더 안 쓴다 해도 내 몫의 인생은 살았다고 생각해요.

평생 감금되어 있던 나의 시인에게 용서를 구하고 싶은 아침이에요. 만약 용서받을 기회가 있다면 당신의 식탁 위에 시인이 된 내가 '가시 많은 생선'으로 눕도록 허락해주세요. 당신은 '슬로비디오로 내 몸의 가시를 바르고' 그럼 먼 데서부터 비가 내리고, 그리고 저기 저 호수가 한 뼘씩, 감청색으로 돌아눕는 꿈을 지금 꾸고 있답니다. 당신이 내 몸의 가시를 천천히 바를 때 시인이 된 내가 얼마나 행복할지 생각하면 온몸에 전율이 지나가요.

본래 '시인'인 나를 지금이라도 부디 '시인'으로 너그럽게 받아주세요.

제목이야기

　젊은 작가 시절 내가 썼던 소설의 제목들은 감성적인 것이 많았다. 1979~80년 중앙일보에 연재해 스테디셀러로 사랑받았던 소설 「풀잎처럼 눕다」의 경우, 당시 문화부장은 직유법이 좀 이상하지 않느냐면서 제목을 바꾸자고 권유했는데, 나는 그 권유를 뿌리쳤다. 감성이 충만한 젊은 날이라 그랬는지 몰라도 「풀잎처럼 눕다」라는 제목만 정해놓고도 소설의 반쯤을 이미 완성한 듯 행복했다. 그보다 1년여 전에 쓴 최초의 장편소설은 「죽음보다 깊은 잠」이었고, 「풀잎처럼 눕다」 이후엔 「숲은 잠들지 않는다」「수요일은 모차르트를 듣는다」「불의 나라」「물의 나라」 등을 연이어 썼다. 작가주인공이 아프리카에서 실종되는 이야기 「잃은 꿈 남은 시간」을 쓰던 90년대 초반까지 나의 제목들은 대개 시적 감수성에 기댄 것들이었다. 그것은 그 시절 하나의 문화적 트렌드이기도 했다.

　문화일보에 「외등」을 연재하다가 불현듯 '상상력의 불은 꺼졌다'면서 '절필'을 선언한 것은 1993년이었다. 시대적 환경과의 내적 갈등에 내몰리다가 그만, 작가로서 '나의 죽음'을 스스로 선언한 사건이었다. 이후 글쓰기를 완전중단하고 용인의 외딴집 '한터산방'에서 혼자 머물다가, 3년여 만에 '작가라는 이름보다 더 떨리는 성찬을 받아본 적이 없다'면서 다시 제자리로 돌아와 처음 쓴 소설은 「흰소가 끄는 수레」였다. 1997년 가을의 일이었다. 그 뒤로 「침묵의 집」 「나마스테」 「졸라체」 「고산자」 「더러운 책상」 「비즈니스」 「나의 손은 말굽으로 변하고」 「은교」 「소금」 등을 계속해 썼다. 내 제목들은 젊은 날의 그것에 비해 장식을 담대히 버린 스타일로 아주 단순하고 명료해졌다고 할 수 있었다.

그러면서 이 시기에 나는 줄곧 '청년작가'라는 별칭으로 불리었다. 제목의 기호는 변했지만 여전히 예민한 감수성이 내게서 떠나가지 않은 결과라고 여겼고, 아울러 죽을 때까지 현역작가로 살고 싶은 나의 꿈과 그것이 잘 부합했으므로 나는 계속 '영원한 청년작가'라는 별칭을 행복하게 받아 안았다. 그렇다고 불안감이 전혀 없었던 것은 아니었다. 청년작가로 불리면서 나의 생물학적 나이는 어느새 칠십 고개로 밀려나가고 있었다. 노부부가 치매에 걸려 죽어가는 이야기 「당신」(2015년)을 쓸 때부터 동아시아의 근대 백년을 다룬 「유리流離」(2018년)를 펴낼 때까지 특히 더 그러했다. '청년작가'와 '노인'의 위험한 틈새에 내 몸이 매우 불안정하게 끼어 있다고 나는 느꼈다. 실체 없는 허방에 빠져 많이 아팠던 통한의 시기이기도 했다. 여기 실린 시들의 대부분은 그 불안정한 틈새에서 비어져 나온 여분의 피, 혹은 얼룩이라고 해도 좋을 것이다.

"성게는 어때요?" 권성자 사장이 물었다. 그녀는 오래전 내 책을 여러 권 만든 편집인-출판인으로서 남달리 인연이 깊은 사람이었다. 우리는 구기동의 작은 복국집에 마주 앉아 있었다. "생막걸리, 또는 부작용이 없는 슬픔은 어때?" 나는 딴청으로 대답했다. 새로 펴낼 시집의 제목 때문에 만난 참이었다. 전문 시인도 아니고 나이가 젊은 것도 아니므로 이번 시집을 육필로 담는 등 하나의 '기념품'처럼 만들자는 방향엔 쉽게 합의를 했는데 제목에선 벌써 두 번째 만나 이야기를 나누는 데도 진전이 없었다. "생막걸리보다는 부작용 없는 슬픔이 더 나은 거 같아요, 선생님." 그녀는 복국을 먹는 둥 마는 둥 했고 나는 막걸리를 한 잔 원샷했다. 눈이라도 내릴 듯 잔뜩 흐린 날씨였다. 바로 그때 강아지 한 마리가 먼저 지나가고 그 강아지 목줄을 잡은 강아지 주인이 뒤를 따라가는 게 창 너머로 보였다. 강아지의 주인은 비대한 중늙은이 남자였고 강아지는 젊은 흰색 '말티즈'였다. 중늙은이 남자는 자신의 몸무게를 감당하지 못해 마치 기우뚱기우뚱 걷는 것 같았다. 오래 묵은 권태가 남자의 어깨에 두루뭉술 얹혀 있었다. 말티즈가 잠깐, 차도와 인도의 경계선에 올라선 채 하늘을 올려다보았다. 무심한 정지였다. 그리고 다음 순간이었다. 말티즈가 부르르르 온몸을 한 번 격렬히 떨었다. 흰 털의 광채가 하늘 끝까지 확장되어 천지간을 가득 채우는 느낌이 들었다. 눈부시고 황홀하고 자유로운 날갯짓이었다. 그러나 아, 저것은 하나의 '환영'이 아닌가. 전광석화, 나는 생각했다. 어떤 섬광이 가슴을 꿰뚫고 지나가는 듯, 아픈 각성이 아닐 수 없었다. "구시렁구시렁 일흔, 어때?" 나는 갑자기, 내던지듯 말했다. 말티즈의 날갯짓과 '구시렁' 사이에 깃든 연관성을 온전히 해득한 건 아니지만 젊은 말티즈의 날갯짓, 그 환영으로부터 제목을 부여받은 건 사실이었다. 내 머릿속 회로에서 어떤 광합성이 일어나는지도 잘 모르면서, 권성자 사장의 표정 역시 금방 밝아졌다. "좋네요!" 고심해온 과정에 비해 너무도 쉽고 명쾌한 합의였다.

"그런데요, 선생님." 권성자 사장이 조심스럽게 말문을 연 것은 식사를 다 끝내고 찻집으로 자리를 옮긴 다음이었다. "계속 청년작가라고 불리어 오셨는데 구시렁구시렁 일흔, 괜찮을까요?" 작가로서 내 이미지를 걱정해 하는 말이었다. "청년작가, 그거 하기 힘들어!" 내가 대답했다. 나는 대체 어떤 환영을 쫓아 여기까지 온 것일까. "감수성도 예민하게 유지해야 되고, 현역으로 계속 써내야 되고" 웃으며 나는 덧붙였다. 반은 참말이었고 반은 엄살이었다. 그 말을 할 때조차 기실 내 안에서는 숨이 다 죽지 않은 '청년작가'가 여전히 나를 노려보고 있었다. 나는 그러나 짐짓 그 자의 눈빛, 말티즈의 날갯짓을 무시했다. 내가 오래 겪어온 고통의 연원이 거기에 있었다. 너로 인해 더 이상 비명을 지르고 싶지 않아. 나는 속으로 말했다. 더구나 시집이 아닌가. '아마추어시인'의 권리로 '프로청년작가'를 소금에 절여 숨을 죽이려는 시도가 나를 위해 나쁠 건 없다고 여겼다. 기운을 좀 더 빼서 되롱되롱 무심해질 수만 있다면 일흔 살이든 여든 살이든 나이가 왜 축복이 되지 않겠는가.

"구시렁구시렁, 의외로 밝은 느낌이 있네요!" 권성자 사장이 말했다. "꼭 늙은 느낌이 드는 것만은 아니란 말처럼 들리네." 내가 추임새를 넣었고, "그러니까요. 구시렁구시렁…… 뭐랄까요, 부드럽고 정다워요." "구시렁구시렁……에는 나이가 없지." 내 목소리가 더 밝아졌다. 생물학적 나이야 여전히 내게 조사助詞나 다름없었다. "일흔이야 뭐 덤으로 붙였다고 치고, 구시렁구시렁…… 입속에서 굴리는 맛이 있잖아. 굴렁쇠처럼. 마음속에 연지곤지가 찍히는 느낌 안 들어?" 내가 계속 말했다. 제목에 더 강한 동의를 얻기 위한 사족 같은 말들이었다. "구시렁구시렁…… 인생 같기도 하고……." 나의 과도한 수사에도 권성자 사장은 따뜻이 머리를 끄덕여주었다. 문예창작학과를 졸업하고 막 출판사에 들어와 내 소설책을 만들던 수십 년 전 그때로부터 옳거니, 어느새 귀가 유순해지는 나이 가까이 밀려나온 그녀의 심중에도 사뭇 연지곤지가 찍히는 눈치였다.

젊을 때는 아내와 부부싸움을 하게 되면 버럭, 소리부터 질렀다. 아내는 그럼 대화의 창에 빗장을 채우고 아예 돌아앉기 일쑤였다. 전망은 늘 캄캄했다. 그러나 화가 나도 돌아앉아 구시렁구시렁하는 듯 싸웠더니, 요즘 부부싸움엔 싸움 안에서도 당연히 남는 빛이 있었다. 버럭, 하고 소리 지를 때 아내와 나의 관계는 전망 부재로서 '꼰대문화'였다고 할 수 있겠으나 구시렁구시렁 하고 마는 지금의 내 부부싸움은 남겨진 빛의 전망을 가졌으니 오히려 청춘의 이미지에 더 가깝다고 말하면 지나친 아전인수일까. 세계와의 관계 또한 당연히 그럴 터였다. 이치가 그러한 바 사랑하는 당신, 사랑하지 않는 당신에게도 더 이상 소리치진 않겠다. 버럭, 소리 지르는 것이 젊은 습관이라고 여겨온 나의 어리석음에 죄 있을진저. 이 작은 삶의 경이驚異 하나를 얻으려고 그동안 나는 얼마나 많은 모서리를 위태롭게 지나온 것일까.

　　'버럭'과 '구시렁구시렁' 사이, '청년작가'와 '노인'의 위험한 틈새, 거기에서 절로 비어져 나온 오욕칠정의 얼룩들을 실존적 나의 항아리에 쟁였더니 보아라, 그것들이 여기 '구시렁항아리'에서 지금 이렇게 발효되고 있는 중이다. 먼 날들이 가깝고 가까운 날들이 오히려 멀다. 완성되는 건 아무것도 없다. 더 참고 더 은유恩宥하고 더 오래 기다릴 것이다. 작가이름 48년, 돌아보면 매 순간이 얼마나 생생한 나날이었던가. 나는 살아 있는 유산균, 매일 캄캄한 추락 매일 환한 상승의 연속이었다. 그 생생한 경계의 먼 길을 함께 걸어준 수많은 독자에게 엎드려 고마울 뿐이다. 바라노니 이제 사랑하는 당신들 곁에서 다만 '구시렁항아리'로서 깊고, 조용하고, 다정하고, 어여쁘게 늙어가고 싶다. 사람으로서의 내남은 꿈이 그러하다.

　　안녕, 내 안에 뜨겁게 머무르며 눈부신 산화散華를 꿈꾸었던 너, 나의 청년작가여!.

아버지 꿈
－ 아버지의 마지막집

1

아버지의 몸은 하루가 다르게 불어났다. 부은 건지 살이 찐 건지 알 수 없었다. 이제 아버지는 다섯 걸음 정도밖에 걷지 못했다. 지난달만 해도 거실까진 걸어나갈 수 있었는데 불과 한 달 만에 기력이 반으로 줄 어든 것이었다.

"물 좀 갖다주렴."

침대 머리맡의 작은 물병을 들었다 놓으며 아버지가 말했다. 잔 뜩 갈라진 쉰 소리였다. 가만히 누워 있을 때조차 아버지의 목구멍에선 쎄액쎄액 하는 기분 나쁜 바람소리 같은 게 났다. 아버지의 목피리가 불 어대는 쉰 바람소리 때문에 잠을 깨는 날도 있었다.

나는 말없이 물병을 집어 들었다.

침대에서 문까지만 해도 내 걸음으로 열대여섯 걸음이나 되니 목 이 말랐어도 아버지 혼자선 밤새 물을 떠올 방도가 없었을 터였다. 거실 은 안방보다 두 배쯤 넓었다. 나는 씨근벌떡 거실로 나가 생수통의 물을 물병에 받았다. 주방에 있던 생수통을 아버지가 혼자 걸어나가 마실 수 있게 거실로 옮겨온 것은 불과 달포 전이었다. 어디 생수통뿐인가. 아버 지에게 필요한 최소한의 것들도 함께 안방에서 가까운 거실로 옮겨왔었 는데 이제 아버지는 아예 안방을 벗어날 수 없게 된 것이었다.

"우선 생수통이라도 다시 아버지 머리맡으로 옮겨 와야겠어요."

내 목소리는 짐짓 쾌청했다. "여기 머리맡에 옮겨놓으면 내가 없을 때나 잠잘 때에도 아버지 혼자 얼마든지 물을 마실 수 있잖아요." "너 혼자 힘으론 못 옮길 게다." 아버지가 고개를 저었고 "키는 다른 애들보다 작지만요, 나도 중학생이라고요, 아버지. 풋샵을 서른 번이나 해요." 나는 두 팔을 불끈, 올려보였다. "손자귀가 온댔으니 아저씨가 오면······", "아저씨는 점심때나 온댔어요. 지금 짓고 있는 집의 보랑 도리로 쓸 목재를 보러 갔다 온다면서요."

손자귀 아저씨는 아버지가 수하로 거느렸던 자귀목수였다.

나무를 깎거나 할 때 쓰는 자귀를 목수들은 보통 손자귀라고 부르는데, 먹줄 그은 대로 정확히 나무를 깎기 위해선 자귀목수의 일솜씨가 깔끔하고 매워야 한다고 애당초 누누이 설명해준 사람은 바로 아버지였다. 요즘이야 새끼목수들이 너나없이 자귀질을 하지만 대궐집이나 대웅전 같은 걸 지을 땐 늘 자귀목수를 따로 두었다고 했다. 손자귀 아저씨는 자귀목수 출신이라서 지금도 어쩌다 우리 집에 들를 때 늘 손자귀를 들고 왔다. 치목하는 데 주로 쓰는 큰자귀와 달리 손자귀는 날이 유난히 얇고 가벼워서 보기에도 섬찟해 보였다.

"네가 아직껏 보를 기억하고 있구나. 도리까지."

아버지가 빙긋 웃으며 나를 바라보았다. 새삼스럽게 얘가 언제 이렇게 컸지, 하는 표정이었다. "중도리 처마도리도 알아요. 손자귀 아저씨가 도목수 됐다면, 나도 뭐 새끼목수 일쯤은 거뜬히 할 수 있다고요." "사개맞춤이 무슨 말인지 알겠냐." "재목에다가 구멍을 내는 걸 바, 바심이라고 하고요." 얼핏 생각이 나지 않아서 딴청을 부렸는데, "암, 그렇지." 아버지는 짐짓 환한 표정으로 덧붙여 말했다. "바심을 잘해서 못 하나 쓰지 않고 기둥, 도리, 보를 찰떡궁합으로 짜 맞추는 일이 사개맞춤이다. 본래 우리네 집들은 뼈대 맞추는 것부터 다 그렇게 지었다. 서양 집하곤 방식과 재료가 딴판이야. 못 박아 짓는 집은 오래 못 간다. 사개맞춤만 잘해놓으면 나머지 일이야 뭐 공것 같지." 수백 갈래 잔주름을 합족한 얼굴 가득 피워 올리면서 아버지가 먼 데를 보았다. 먹줄통과 그 무개와 수평대와 정과 끌과 손톱과 대패가 든 바랑 하나 달랑 메고 세상 끝까지 떠돌았던 지난날들을 되돌아보고 있는 눈치였다.

나는 먼저 웃통을 벗어부쳤다.

물이 반쯤 담긴 생수통을 바닥으로 내려놓는데 이미 땀이 나기 시작했다. 키가 작기 때문이었다. 어깨는 날로 벌어지고 팔뚝의 이두박근도 쑥쑥 솟아나는데 어찌 된 노릇인지 키가 영 자라지를 않아 중학교 들어와 받은 출석번호가 일 번이었다. 아이들은 나를 '땅꼬마'라고 불렀다. "손자귀 아저씨 오면 옮겨달라고 하라니까 그러는구나." 아버지가 말했다. "문제없다니까요. 아버지 화장실도 제가 침대 옆으로 옮겼는걸요." 나는 하하 하고 웃었으나 아버지는 웃지 않았다. 침대 밑에 요강으로 쓸 백자항아리를 가져다 놓아준 걸 두고 하는 농담이었으니 아버지로선 좀 민망한 모양이었다.

나는 창고에 처박아둔 군용담요를 가지고 나와 생수대와 생수통을 이리 불끈 저리 불끈 간신히 담요 위로 올려놓았다. 온몸으로 땀이 비 오듯 했다. 벌써 한 달째 불볕더위가 계속되고 있었다. 거실과 안방 사이에 다행히 재래식 문지방이 없어서 담요 위에 놓은 생수대와 생수통을 끌고 들어오는 건 크게 어려울 게 없었다.

"우리 아들, 대들보도 들어 올리겠다."

생수대를 끌고 들어오는 걸 보면서 아버지가 다시 합족, 볼우물을 만들고 웃었다. 몸은 풍선처럼 부풀어 올라서 퀸사이즈의 침대를 거의 꽉 채울 정도인데 얼굴은 그와 달리 하루가 다르게 근육질이 빠지고 주름살이 늘어나는 게 아버지의 병증이었다. 주름살이 하도 많아 아버지는 얼핏 보아 백 살은 된 것처럼 보였다. 어찌 주름살뿐이겠는가. 눈매는 잘 익은 벼이삭같이 구부러지고 팔자주름은 협곡처럼 내려앉았으며 무너진 잇몸 사이에서 이가 힘없이 빠져나오기도 했다. 지난달엔 삭은 이가 두 개나 빠져나온 일도 있었다. 아버지에겐 이제 어금니가 한 개뿐이었다. "글쎄요. 병이라고 해야 할지…… 이런 증상은 학계에 보고된 바가 전혀 없어서……." 의사가 아버지의 병증을 두고 한 말이었다. 이를테면 급속도로 늙어가는 병인데, 병원에 갔을 때는 이미 증세가 깊어 돌이킬 수가 없었다.

그 무렵의 아버지는 하루를 일 년처럼 살고 있었다.

"시간이…… 지나가는 게, 몸으로 느껴진다." 아버지는 웃으면서 말했다. 아버지는 그래도 늘 태평스런 얼굴이었다. 아버지의 몸을 통해 지나가는 시간은 가속성을 띠고 있었다. 얼마 전만 해도 일 년이 한 달처럼 지나간다고 했는데, 이제는 일 년이 하루처럼 지나가는 중이었다. "가만히 누워 있어도 애, 몸속에서 막 급행열차가 지나간다. 뭐랄까, 시간이…… 이쪽 갈빗대를 뚫고 들어와, 케이티엑스 속도로다가…… 저쪽 갈빗대 사이로 빠져 달아나는 느낌이랄까. 케이티엑스가 시속이 얼마냐?" "삼백 키로요." "그래 시속 삼백. 흐흐." 햇빛이 닿기라도 하면 수많은 주름살의 솟은 부분은 더 빛나고 꺼진 부분은 더 어두웠는데, 그 명암의 대비가 너무 극적이라, 아버지는 마치 특별한 탈을 쓰고 있는 것 같아 보였다. 슬프고 기이했다. "머지 않아," 여전히 숨을 헐떡이며, 그러나 아버지는 여전히 밝은 어조로 말했다. "……애비의 시간이…… 비행기 속도가 될 게다, 아마……." 계속 웃으려고 했지만 뜻대로 되지 않는 눈치였다. "별똥별은 어때요, 아버지." 내가 냉큼 추임새를 넣었고, "옳거니." 아버지는 딱 하고 손가락 부러뜨리는 소리를 내고 나서, "암, 시간이 별똥별 흐르는 것처럼. 멋진 표현이다. 너는…… 틀림없이 시인이 될 것이다……." 아버지의 눈에 아련한 흰빛이 떠올랐다.

아버지의 나이는 쉰아홉 살이었다.

병에 걸리지 않았다면 아버지는 여전히 구릿빛 피부, 떡 벌어진 어깨, 옹이가 박힌 듯한 팔뚝 근육들, 그리고 세상 끝까지 안 가본 데 없는 남자가 지녔음직한 형형한 눈빛을 지니고 있을 터였다. 눈 코 입이 모두 또렷한 명암을 거느린 데다가 키도 훤칠 컸으므로 불과 몇 년 전만 해도 대들보를 타고 앉아 있는 아버지를 올려다보면 뭐랄까, 당신의 깊은 심지로부터 푸른 빛이 사방으로 뿜어져 나오는 것 같은 느낌을 받곤 했다. 사람들은 아버지를 두고 나이가 없는 사람이라고들 했다. 청년으로 보는 사람도 있었고, 중년이나 장년, 드물게는 노년으로 보는 사람도 있었다.

"참, 많이…… 흘러다녔구나."

아버지가 나직하게 중얼거렸다. 별똥별이란 말에서 떠올랐던 아득한 흰빛은 더 이상 아버지의 눈에 남아 있지 않았다. 창 너머 넓은 뜰엔 타오르는 여름 햇빛이 막힘없이 내려꽂히고 있었다. 아버지와 나 사이에 별똥별이 지는 것 같은 고요가 찾아왔다.

아버지도 먼 데를 보고 나도 먼 데를 보았다.

배낭을 머리 꼭대기까지 오게 지고서 산맥의 가파른 허리를 올라가고 있는 아버지의 뒷모습이 아련했다. 아니 산맥의 한허리인가 하면 배경은 어느새 외진 바닷가 개펄이 되었고, 바닷가인가 하면 어느새 지평선이 보이는 들길이 되었으며, 들길인가 하면 아버지는 또 어느새 낯선 도시의 어스레한 뒷골목을 걷고 있었다. 아버지는 한결같은 걸음새로 걷고 있는데 그 배경이 되는 밑그림만 빠르게 바뀌어 흘러가는 걸 나는 보았다. 꽃이 지천으로 피어 있는 날도 있고 비바람 몰아치는 날도 있고 눈발이 날리는 날도 있었다. 아버지가 지금 떠올리는 그림도 아마 그럴 터였다. 땅끝에서 땅끝까지, 마을에서 먼 도시까지, 도시에서 다시 산속 험한 오지까지 아버지가 흘러가보지 않은 곳은 세상천지 아무 데도 없었다. 막일꾼으로 시작해 새끼목수 지차목수를 거쳐 마침내 먹줄을 튕기는 도목수가 된 것은 아버지 나이 마흔 살 때였다고 했다.

목수로서 아버지의 마흔 살은 거칠 게 없었다.

목재로 짓는 모든 집을 다 질 수 있게 된 게 마흔 살이었다고 했다. 일반적 기와집은 물론 궁궐 같은 다폿집도 여반장으로 지었으며, 너와집이나 귀틀집 따위도 지을 수 있었다. 천장이 까마득히 높은 대웅전 같은 것도 아버지에겐 식은 죽 먹기였다. 어느 도시 변두리에서 한번은 열두 채의 기와집을 동시에 도맡아 지은 적도 있었고, 길도 제대로 없는 차령산맥 너머 궁벽진 산속에서 절을 지을 땐 사 년이나 머문 적도 있었다. 집을 지으라면 어디든 달려갔으며, 집을 다 짓고 나면 하루도 더 머물지 않고 배낭을 메고 일어서는 게 아버지의 성미였다. 성큼성큼 걷는 아버지의 뒤를 쫓아 어린 나는 매양 다리가 찢어져라 종종걸음을 쳐야만 했다. 배낭 꼭대기까지 짐을 쌓아 올렸으므로 뒤에서 볼 때 아버지의 모습은 배낭뿐이었다. 아버지를 따라가는 게 아니라 배낭을 쫓아가는 것 같았다. 공사판이 언제나 내 놀이터였고 아버지의 배낭이 흘러가는 길이 곧 내 요람이었다.

도목수가 되고도 아버지의 삶은 달라진 게 없었다.

나의 삶 역시 아버지에게 딸려 있었다. 한곳에 머물러 살지 않으니 학교도 제대로 다닐 수 없었다. 보로 쓸 거대한 통나무에 걸터앉아 젊은 새끼목수들로부터 한글을 익혔고, 함바집 주인여자나 절집 보살들이 두루두루 내 어머니가 되어주었다. 어쩌다가 나를 낳아준 어머니가 그리울 때도 물론 있었다. 어머니에게 데려다 달라고 조른 적도 있었지만 그럴 때마다 아버지는 끝내 아무 대답도 하지 않았다.

"생각해보면."

내 생각을 다 안다는 듯 아버지가 이윽고 말했다.

"너는…… 길이 키웠지, 길이 키웠어." 아버지의 얼굴 전체에 다시 환한 물살이 번졌다. 아버지는 아주 행복한 표정을 하고 있었다. "그럼요. 길이 곧…… 아버지였어요." 아버지의 환한 표정을 쫓아 나 역시 환하게 화답했다. 길이라는 말은 아버지와 나에겐 효과가 즉각 나타나는 일종의 에너지원 같았다.

"멋지다. 내가 길이라니…… 너는 정말로 시인이 되겠구나."

감흥이 고조되는지 아버지의 목구멍에서 풀무질하는 소리가 크게 났다. 마당 끝의 매실나무 잔가지들이 바람에 부드럽게 몸을 흔드는 게 보였다. 아버지는 지금 아마도 배낭을 짊어지고 어느 먼 산맥을 넘어가는 환영 속에 있을지도 몰랐다.

쉰 살 이후부터 아버지에겐 사실 일감이 거의 들어오지 않았다. 여염집은 물론이고 절간조차 시멘트 콘크리트 구조 위에 겨우 기와나 올리면서 한옥이라고 억지를 부리는 세상이니 먹줄통 수평자尺 손대패를 울러 메고 다니는 아버지를 굳이 찾는 사람이 없는 건 당연했다.

그렇다고 아버지가 불행해진 건 아니었다. 돈은 충분히 저축되어 있었다. 한가할 때의 아버지는 소싯적에 자신이 지은 집을 둘러보러 다니는 것으로 소일했다. "이 요사채는 내가 서른세 살 때 지었지. 자귀목수 시절이었는데, 비가 오나 눈이 오나 자귀질이 그리도 재미나더라." 아버지는 신이 나서 설명했다. 아버지가 지은 모든 건물엔 그 건물의 서까래보다 훨씬 많은 아버지의 추억이 깃들어 있었다. 건축주와 싸운 일도 아버지에겐 행복한 추억이었고, 맞춤한 목재 하나 구하는 데 몇 달씩 걸렸던 고초도 아버지에겐 가슴 뜨거운 추억이었다. 아버지가 지은 모든 건물은 당신에게 피붙이와 다름없었다. 게다가 평생 집을 지어왔으니 당신이 전에 지은 집들만 다 둘러보려 해도 지금껏 살아온 만큼의 세월이 더 필요할 것 같았다. 아버지는 그래서 일감이 별로 없을 때에도 불행해질 틈이 없었다.

"집을 안 지었으면…… 뭘 했을 것 같아요?"

내가 물은 일이 있었다. 기습적인 내 질문을 받고 나서 아버지는 놀란 듯 한참이나 또 먼 데를 보더니, "많이 배웠으면……" 하고 운을 뗐는데, 그때 아버지의 눈가에 습기가 서리는 걸 나는 재빨리 보았다. "아마…… 아마 시인이 되고 싶었을 게다." "시 쓰는, 시인 말인가요?" "그래. 시 짓는 시인……." 아버지가 걸핏하면 나보고 시인이 될 거라고 말하는 그 속뜻을 충분히 알 것 같았다. 시인이 되는 건 꽃이나 별이 된다는 말처럼 내 귀엔 들렸다.

그 무렵의 아버지와 나는 이 자리에다가 컨테이너 박스 하나를 임시로 들여놓고 살고 있었다. 전라도 어디인가, 오래전 멋진 폿집[包] 한 채를 지어준 적이 있었는데, 집을 짓고 나서 건축주가 삽시간에 망하는 바람에 건축비 대신 받은 땅이라고 했다. 땅 앞쪽으로 야트막한 언덕이 이어져 있는 아름다운 곳이었다. 아버지는 그 땅이 좋아서가 아니라 그 땅에서 이어져 있는 언덕이 좋아 건축비의 반값도 되지 않은 그 땅을 건축비로 받았다고 했다. 봄이면 산벚꽃이 하얗게 언덕을 뒤덮었고, 철쭉을 비롯한 수많은 봄꽃들이 산벚꽃의 뒤를 이었으며, 곧 황매, 해당화, 자귀, 엉겅퀴, 망초, 패랭이가 피고, 어지러울 정도로 아카시아 향기 또한 언덕을 싸안고 돌았다.

"오랜 시간이…… 저 언덕을 저렇게 만들었다……."

아버지는 햇빛에 둘러싸인 그 언덕을 꿈꾸듯 내다보며 말했다. 좌청룡 우백호라고 하던가. 언덕을 싸고 뻗어 나간 좌우의 스카이라인이 합쳐지는 먼 곳에서 더 높고 더 아스라한 높은 산들이 한통으로 맺어진 채 언덕을 내려다보고 있었다. 오행五行에 따른 후천방위後天方位로 보아도 양택으로서 이만한 자리가 없다고 아버지는 말하곤 했다. "말하자면 저 언덕은…… 오랜 시간이 만든…… 아주 훌륭한 일종의…… 시라고 할까……." 그런 말을 할 때 아버지와 그 언덕의 풍경 사이엔 아무런 거리도 없는 것 같았다. 아버지가 곧 언덕이고 풍경이며, 아버지가 곧 시라고 나는 생각했다.

"여기에다 형님, 그들먹하게 폿집 하나 올립시다."

손자귀 아저씨가 권유한 적이 있었다. 그러나 아버지는 그냥 싱겁게 웃으면서 고개를 저었다. "집이란 터에 딸려가는 건데, 이만한 풍경을 마주하고 있으면 됐지, 다풋집이냐 초가냐 컨테이너냐, 그런 게 뭐 중요하겠는가." 그 무렵 아버지와 내가 들여놓고 집으로 사용하던 컨테이너 박스는 채 다섯 평이 되지 않는 공간이었다.

아버지는 그래도 늘 웃는 빛이었다.

평생 남의 집을 지어주고 산 아버지가 아닌가. 그렇게 넓고 좋은 터를 가지고 있으면서도 구태여 집을 지을 생각도 안 하고 언제나 태평스런 얼굴을 하는 아버지를 이해하는 사람은 아무도 없었다. 그렇지만 나만은 아버지가 칭찬해주었듯이 '시인'이 될 것이므로 아버지를 이해했다. 시인의 마음으로 보면 아버지를 충분히 이해할 수 있었다. 컨테이너 박스에서 살지언정 풍경과 당신이 한몸으로써 덩어리를 이루었으니 다른 좋은 집을 욕심 낼 이유가 없다는 게 아버지의 뜻이었다.

그러나 컨테이너 박스의 행복은 얼마 가지 못했다.

파죽지세 뻗어 나오던 도시의 외곽이 마침내 그 언덕에까지 이르렀기 때문이었다. 아버지가 '오랜 시간이 만든 훌륭한 시'라고 명명했던 언덕 한가운데를 두 동강 내고 도로가 생기더니 갑자기 트랙터와 포크레인과 트럭 등이 점령군처럼 몰려들기 시작한 것이었다. 대단위 아파트 단지가 그 언덕에 지어진다고 했다. 절세의 풍경은 하루아침에 조각나 누더기가 되었으며 이내 뽀얀 흙먼지로 뒤덮였다. 먼 산의 스카이라인까지 흙먼지에 가려 보이지 않는 날들이 많았다. 나무와 꽃들은 모조리 뿌리 뽑혔고 새들은 떠났으며 바람소리 또한 포크레인 등의 기계 소리에 완전히 잡아먹혔다.

"나의 풍경이…… 다 죽었구나!"

아버지는 어느 날 슬픈 목소리로 말했다. 끔찍한 살인을 목도한 표정이었다. 땅을 팔라면서 개발업자들이 아버지를 찾아오는 일도 많았다. 그 언덕에 아파트 골조가 올라가기 시작한 것과 가속도로 늙어가는 이상한 병증이 아버지 몸 안에 똬리를 튼 것은 거의 비슷한 시기였다. 그 무렵 아버지의 머리칼은 하루가 다르게 희어졌고 얼굴 살은 나날이 빠져 어두운 그물망에 뒤덮였다. 어딘가에 혼을 뺏긴 사람 같기도 했다.

"안 되겠다!"

어느 날 아버지는 단호하게 선언했다.

"더 힘이 빠지기 전에 네가 살 집을 지어야겠다!"

요컨대, 당신은 평생 길에서 길로 흘러다녀도 행복했지만 아들인 나는 집이 없으면 스스로 불행하다 여길 거라는 말도 했다. "아버지, 나도 집이 없어 불행해지지 않을 거예요. 아버지가 그랬잖아요. 길을 집으로 여기고 살면 그뿐이라고요!" 다짐해 말해보았지만 아버지는 내 말을 귀담아듣지 않았다. "길을…… 집이라고 여기고 살면 안 되는 세상이 온 거야. 그러니까 너는, 그렇고말고, 너는 얘야, 번쩍이는 집에서 살아야 해. 그래야 이 애비가 없더라도 사람들이 너를, 너를 존중할 것이다!" 컨테이너 박스 집에 살면서도 도무지 새집을 지을 생각조차 안 하던 아버지보다 갑자기 큰 집을 짓겠다고 나선 아버지를 이해하는 것이 더 어려웠다.

어쨌든 아버지는 집을 짓기 시작했다.

아버지의 부름을 받은 많은 인부들이 몰려들었다. 놀라운 것은 아버지가 짓기 시작한 집이 아버지가 평생 지어온 한옥이 아니라는 것이었다. 기와집이나 풋집이 아닌 것은 물론 초가도 너와집도 아니었다. 아버지가 짓기 시작한 것은 이제 세상의 표준으로 등극한 평범한 철골 구조의 양옥이었다. 아버지가 재촉했으므로 공사는 아주 빠르게 진행됐다. 그야말로 크고 웅장하고 화려한 대저택이었다. 아버지는 골조가 올라가기 시작한 아파트들과 감히 맞장이라도 뜰 만한 집을 짓고 싶은 눈치였다. "두고 봐라. 저 아파트에 사는 사람들 모두, 네가 사는 집을 보면 기가 죽을 거야. 그 정도는 돼야지, 집이라는 게. 평생 남의 집만 짓다가 이제 처음으로 아들의 집을 지으니 얘야, 없던 힘이 절로 솟는구나!" 아버지는 두 팔을 허공으로 들어 올리면서 자랑스럽게 중얼거렸다.

서둘렀지만 집이 완성된 건 1년도 훨씬 지나서였다.

좀 과장한다면 완성된 집의 거실은 농구장만 했고 안방은 배구 코트 수준이었다. 아버지가 평생 지어왔던 그런 집은 아니었지만 아버지가 말한 대로 지나는 모든 사람이 한두 번은 부러운 눈빛으로 꼭 돌아다보고 마는 웅장한 집이었다. 아버지는 그 집을 두고 당신의 집이라고 하지 않고 꼭 '아들의 집'이라고 불렀다. 그 무렵의 아버지는 아마 제정신이 아니었을지도 몰랐다.

"내가 가끔…… 미친다……."

실제 당신 스스로 그렇게 말한 적도 있었다. 암튼 준공 무렵만 해도 아버지는 걷는 데 크게 지장이 없었기 때문에 배구코트 안방, 농구장 거실이 문제될 게 없었다. 그러나 곧 걷는 것이 힘들어지자 배구 코트 안방, 농구장 거실은 금방 큰 문제가 되었다. 아버지는 머지않아 화장실은 물론이고 부엌이나 식당으로 갈 수 없게 되었으며 샤워를 하러 목욕탕까지도 갈 수 없는 상황에 이르렀다. 샤워하러 갈 수 없으니 침대에 누운 채 물수건으로 몸을 닦아내야 했고, 화장실을 갈 수 없으니 요강을 사용해야 했으며, 먹는 것 역시 모조리 안방으로 배달을 하거나 해야만 했다. 휠체어를 사왔으나 타고 내리는 게 어려워 곧 포기할 수밖에 없었다. 무조건 크기만 하면 존경받는 집이 된다는 생각은 허상의 치레에 불과하다는 게 명백해졌다. 아버지와 나에게 필요한 공간은 기실 안방의 4분지 1이면 충분했다.

초인종 소리가 딩동딩동 하고 울렸다.

손자귀 아저씨였다. 이제는 콘크리트 집을 주로 짓고 다니는 손자귀 아저씨는 아버지와 함께 일하던 예전 버릇이 남아 자귀 하나를 손에 든 채 들어왔다. "아이구, 형님!" 손자귀 아저씨가 거의 비명을 내질렀다. 몇 달 사이 십 년도 더 지난 것처럼 늙어버린 아버지의 모습을 보았으니 당연한 반응이었다. "앗다, 이 사람이 놀라기는." 아버지의 목소리가 쑥 솟아올랐다. 손자귀 아저씨가 그리 반가운 모양이었다. 웃음에 밀려 새끼를 치고 번져나가는 주름살의 극적인 파장을 나는 보았다. 손자귀 아저씨는 아버지보다 열다섯 살이 적었지만 아버지가 일을 그만둔 다음부터 아버지를 형님이라고 불렀다. "형님 얼굴이…… 영락없이 골룸이네요, 골룸!" 아저씨가 웃으면서 말했다. 아버지는 물론 골룸이 누구인지 알지 못했다.

"나는 이 사람아, 이제 딱 다섯 걸음밖에 못 걷네."

다섯 걸음도 간신히 걷는 걸음이었다. 손자귀 아저씨를 부른 이유에 대해 설명할 차례였다. 숨을 헐떡거리면서 힘들게 말하는 아버지를 대신해 내가 설명할 수도 있겠으나 두 사람의 대거리가 너무 다정해서 나는 짐짓 쑥 물러나 남쪽 창가에 서 있었다. 트럭들이 흙먼지를 피우면서 아파트 공사장 허리께를 돌아나가고 있었다.

어디선가 매미가 그악스럽게 울어대기 시작했다.

"자네가 알다시피 이 집이 좀 큰가. 거실만 해도 서른 평은 될 것이네." 아버지의 말이 거기에 이르렀다. 당신이 부실해 주방이나 화장실은 물론 안방 문지방도 넘어가지 못하니 아들인 내 고생이 이만저만 아니라고 아버지는 설명했다. "그러게 집 지을 때 내가 얼마나 말렸습니까. 평생 집 한 채 없이 남의 집만 지어온 형님 한을 모르는 건 아니지만." 손자귀 아저씨가 토를 달고, "앗다, 이 사람……." 아버지가 한숨을 쉬었다. "나, 한 같은 거 없네. 한이 돼서 이리 지은 게 아닐세. 나 죽고 나면 우리 애가 무시당할까 봐서……." 아버지의 목소리에 슬픈 기색이 흘렀다. "형님은 그게 문제예요. 쓸데없는 고집요. 빌라 업자들한테 차라리 땅을 팔았으면……." 아버지는 그래도 담담하게 고개를 가로저었다. "허어, 이 사람아, 사람이란 큰 집에서 살아야 도량이 넓어지는 거야. 나하고 자넨 좁은 방에 살아서 속이 좁쌀할애비지만 우리 애는 우리보다 도량이 훨씬 넓을 걸세." 거기까지 말하고 나서 아버지가 나를 힐끗 건너다보았다. 입은 웃고 있었으나 눈은 젖어 있었다.

"폐 일언하고, 오늘 자네를 부른 건……."

아버지는 거구를 흔들며 한참 기침을 했다. 살면 얼마나 더 살겠는가. 주름살투성이 얼굴과 부풀어 오를 대로 오른 비대한 몸의 부조화야말로 아버지가 치켜든 죽음의 깃발처럼 나는 느꼈다. "저 아이가……." 아버지는 짐짓 내 시선을 피해 아파트 공사판을 내다보면서 말을 이었다. "……내 대소변 받아내기도 힘들고, 암튼 단도직입적으로, 샤워기 하나, 변기 하나, 싱크대 하나, 가스대 하나, 요기, 내 침대 중심으로다, 가급적 가까이 붙여서, 그렇지, 딱 다섯 걸음 안에 들도록 옮겨 설치를 해주게. 안방 화장실로 하수구 연결하면 될 일, 자네라면 수하 한둘 데리고 와서 뭐 한 사나흘 만에 다 되지 않을까 싶네만."

"허어, 참!"

어처구니없다는 듯 손자귀 아저씨가 들고 있던 자귀로 아버지가 누운 침대 모서리를 탁 쳤다. 돌아보면 처음 하는 제안도 아니었다. 비슷한 일로 전에도 아버지가 손자귀 아저씨를 부른 일이 있었다. 아버지가 대략 스무 걸음쯤 걸을 수 있을 때였다. 아버지는 싱크대 하나와 샤워시설과 가스대를 안방 문 너머, 그러니까 거실 한쪽 벽면에 붙여 설치해달라고 했다. 그러나 손자귀 아저씨는 그때도 아버지의 주문을 격렬히 거부했다. 그렇게 하면 잘 지어놓은 집을 버린다는 게 손자귀 아저씨가 내세운 이유였다. 집을 버리면 어떻게 내가 이 집에서 계속 살겠느냐는 설득에 아버지는 결국 당신의 뜻을 꺾고 말았는데 이번에 다시 다섯 걸음 안으로 더 좁혀서 이것저것 옮겨달라 주문했으니, 손자귀 아저씨로선 더욱더 기가 막힐 노릇이긴 했다.

"다시 말하지만…… 모든 것이 다섯 걸음 이내로!"

아버지는 다시 한 번 더 강조했다. 오늘은 기필코 당신 뜻대로 하고 말겠다는 다부진 결의가 오롯이 느껴지는 어조였다. 오늘 다섯 걸음을 걷는다고 해서 내일도 다섯 걸음을 걸을 수 있다고 장담할 수는 없겠지만, 아버지는 물론 손자귀 아저씨까지 차마 거기까지는 말하고 싶지 않은 눈치였다.

"여름방학이 끝나면 저도 학교를 가야 해서요."

내가 아버지의 말을 역성들려고 한마디 덧붙였다. 손자귀 아저씨가 찢어져라 내게 눈을 흘겼다. 재미난 상상이 나를 사로잡고 있었다. 흩어져 있던 주방과 화장실과 목욕탕 등이, 다정한 숟가락 젓가락들과 올망졸망한 식기들과 따뜻한 주걱과 비밀스런 국자들이, 쾌청한 물소리를 내는 변기와 세면기와 칫솔, 치약, 상큼한 향기를 두른 비누 등이 아버지의 침대를 향해 속속 모여들어 오순도순 한통으로 맺어질 것을 상상하니 기분이 저절로 좋아졌다. 오래 흩어져 살던 아빠 엄마 형 누이 이모 고모 삼촌들이 한곳에 모여드는 느낌이 그럴 터였다. "싱크대랑 샤워기랑 가스대랑 변기랑, 뭐 이런 모든 게 헤쳐 모엿, 하는 거잖아요, 아버지!" 내가 말했고, "그래그래, 헤쳐 모엿 그거!" 아버지가 클클클 유쾌하게 웃었다.

"장난하자는 겁니까, 지금!"

손자귀 아저씨가 자리를 박차고 벌떡 일어섰다. "이 사람, 손자귀!" 아버지가 황급히 손자귀 아저씨의 소맷부리를 잡았다. "내 말을 마저 들어봐." 맞은편 창턱에서 튕겨져 나온 햇빛이 어둡게 꺼진 아버지의 눈가에 닿고 있었다. 아버지는 눈가의 땀을 쓰윽 맨손으로 훔쳐내고 말을 이었다. "아니 뭐 변기를 옮기는 게 부담된다면 그건 빼기로 하세. 나도 화장실을 여기로 떼 메고 오는 건 좀 그래. 남이 들어도 웃을 일이겠고. 그 대신 샤워기는 포기 못하네. 날도 덥고 해서…… 이러다가는 욕

창이 생기고 말 게야. 제발 좀 도와주게." 아버지는 눈을 깜박깜박, 손자귀 아저씨와 시선을 맞추려고 애쓰고 있었다. 한때 신록의 빛이 가득했던 창 너머 언덕은 이제 붉은 속살이 통째 드러난 채 철근 구조물들만 우후죽순 올라가는 처참하고 거대한 토치카의 모습이었다.

"정 그렇다면."

이윽고 손자귀 아저씨가 말했다.

"저어기, 컨테이너 박스로 침대를 옮기면 되겠네 뭐. 뭐하러 그 짓을 해요. 저 컨테이너가 아직 저기 있는데." 한때 아버지와 내가 살던 작은 컨테이너 박스는 서편 경계에 방치된 상태로 놓여 있었다. 아버지는 그러나 세차게 고개를 흔들었다.

"그럴 수 없네!"

"왜요?"

손자귀 아저씨가 말꼬리를 붙잡았고, 아버지가 노기 띤 표정으로 맞받았다. "자네는 내가 평생, 무엇을 하며 어떻게 살아왔는지 알면서, 감히…… 저 철제 박스 안에서 나보고 죽으라 그 말을 하는가, 지금!" 노기 때문에 아버지의 얼굴은 벌겋게 달아올라 있었다. 아버지가 그처럼 화를 내는 건 본 적이 없었다. "아 형님이 원해서 살던 데잖아요, 저 박스!" 손자귀 아저씨가 맞받았고, "그때야 저기…… 풍경이…… 풍경이……" 아버지가 차마 말의 아퀴를 짓지 못했다. 그때야 '오랜 시간이 만든 훌륭한 시' 같은 풍경이 둘러싸고 있었으니 머무는 집이 컨테이너 박스든 뭐든 상관없었지만 지금은 그 풍경이 모두 부서지고 죽었으니 어찌 컨테이너 박스에서 생의 마지막을 맞이하겠느냐고 말하고 싶겠지만, 아버지는 차마 마음속 말들을 다 토해낼 수조차 없는 것 같았다.

결론이 나온 건 그러고도 한참 후였다.

"정 그렇다면……"이라고 전제하고 내놓은 손자귀 아저씨의 새로운 제안이 아버지의 마음을 움직였기 때문이었다. 손자귀 아저씨가 내놓은 새로운 제안은 앞마당에 새로 한 칸짜리 폿집을 짓자는 것이었다. 폿집이라면 아버지가 사랑하고 아버지가 평생 지어왔던 그런 집이었다. 태백산맥 너머 어느 절에서 요즘 불사를 거창하게 하는 중이라 기왕 있었던 산신각山神閣을 허문 자리에 새로 더 큰 산신각을 짓고 있는데, 허문 산신각 목재가 그곳 마당에 지금 그냥 쌓여 있다고 했다. "내일이라도 헐값에 그걸 가져올 수 있으니까요, 그걸로 저쪽 마당귀에 형님 말년을 보낼 폿집을 올립시다. 작아도 품위 하나 그만인 산신각이었어요. 한 칸짜리니 뭐 저절로 모든 게 다섯 걸음 안에 들어오게 만들 수도 있고요, 그냥 짜 맞추어 올리면 되니까 내가 두어 주일 안짝으로 다 끝낼게요. 하기야 형님 말년에…… 작든 크든 그렇지, 컨테이너나 시멘트집이나, 그게 어디 말이 됩니까."

　　뜻밖의 제안이었으며 또 훌륭한 제안이었다. 품위라는 말이 아버지를 사로잡은 듯했다. 아버지는 곧 고개를 끄덕였고, 손자귀 아저씨는 지체없이 그 길로 태백산맥을 향해 떠났다.

　　아버지의 표정이 환해져서 내 마음도 아주 환해졌다.

2

오줌이 마려워 잠을 깼다가 백자항아리를 깔고 앉아 있는 아버지와 딱 맞닥뜨렸다. 너른 창으로 달빛이 막힘없이 흘러들고 있었다. 아버지는 오줌이 잘 나오지 않는 거 같았다. 힘을 주느라 오만상을 찌푸리고 있어 아버지의 수백 갈래 주름살은 밝고 어두운 데로 나뉘어 더욱더 그 명암이 뚜렷해졌다. 아버지는 영락없이 골룸이었다.

"산신각이 뭔지 아냐?"

아버지 골룸이 갑자기 물었다. "산신령 모신 전각요." 내가 대답했고, "맞다!" 아버지가 만족스런 표정으로 화답했다. "산신령님은 대머리에 수염과 눈썹을 막 휘날리면서 깃털로 된 부채나 불로초를 들고 있다." 그러면서 아버지는 당신이 절에서 제일 좋아하는 전각이 산신각이라고 말하고, "나는 석가모니 부처님보다 산신령님이 더 좋더라" 하고 덧붙였다. 손자귀 아저씨가 마당에 새로 지을 한 칸짜리 건물이 산신각을 허문 목재들로 지어지게 될 거라는 사실이 무엇보다 아버지 마음에 쏙 들었던가 보았다. 그러나 아버지의 지금 모습은 기실 산신령과 조금도 어울리지 않았다. 머리가 빠지고 얼굴이 찌그러질 대로 찌그러진 아버지의 모습은 여전히 흉측하고 음흉한 골룸에 가까웠다.

나는 짐짓 아버지를 외면하고 화장실로 가 오줌을 누었다.

나의 오줌 줄기는 우렁차기 한정 없었다. 잘못 하면 변기가 깨질 것 같았다. 창 너머 아파트 공사판 역시 달빛 아래 모처럼 조용했다. "네 오줌소리는 우렁차서 좋더라만." 오줌을 싸고 돌아온 내게 아버지가 다시 말을 걸었고, "산신령님도 오줌을 눌까요?" 나는 쪼르륵, 쪼르르륵, 자꾸 끊어질 뿐인 아버지의 오줌소리에 짜증이 나서 딴청으로 대답했다. "신선들은 아마…… 오줌을 누지 않을걸. 신선들은 자기 맘대로 모습도 바꿀 수 있단다. 별이 되고 싶으면 별이 되고." 내가 오줌을 싸고 왔는데도 여전히 백자항아리에 앉아 있는 걸로 보아 아버지는 백자항아리를 요강이 아니라 의자로 여기는지도 몰랐다.

"정말요? 그럼 노각나무도 될 수 있겠네요?"

"그야 여반장이지."

아버지의 목소리가 갑자기 고조됐다. 노각나무 이야기를 꺼낸 건 아버지를 떠보고 싶어서였다. 아니나 다를까, "그런데 네가 어떻게 노각나무를 다 아냐?" 아버지가 미간을 오그리고 물었다. 충청도 보은 부근이던가, 몇 년 전 어떤 암자의 나한전을 새로 지어주러 갔을 때 그 절 어귀에 늙은 노각나무가 서 있었는데, 노각나무 흰 꽃들이 떨어지는 걸 멍, 보다 말고 아버지가 혼잣말처럼 중얼거린 한마디를 나는 생생히 기억하고 있었다. "노각꽃은…… 영락없이 네 에미를 닮았어…….." 그 한마디였다.

아버지는 잊은 모양이지만 나는 그 말을 잊을 수가 없었다. 그것은 어머니에 대해 아버지가 준 거의 유일한 단서였다. "알아요, 노각나무. 제가 신선이라면 아버지, 노각나무가 돼서 노각꽃으로 피고 싶어요." "헛, 그 녀석 참!" 아버지의 어조에 서기가 가득해졌다. 아버지도 지금 노각꽃 같았다는 어머니를 생각하고 있을까. "나는 얘야, 신선이 되면." 아버지가 말을 이었다. "……나팔꽃으로 환생하고 싶다. 누가 그러는데 나팔꽃 고향이 본래 히말라야라더라…….."

까무룩, 잠이 왔다.

나는 아버지의 말을 다 듣지 못하고 잠들었다. 아버지가 손을 뻗어 내 머리를 쓰다듬는 게 꿈결처럼 느껴졌다. 아니야. 아버지가 골룸일리 없어. 나는 잠의 우물 속으로 더 깊이 가라앉으면서 중얼거렸다. 꿈에나타난 아버지는 하얀 도포를 입고 있었다. 수염이 치렁치렁했고 긴 눈썹은 말갈기처럼 휘날렸으며 볼은 불콰한 듯 뽀얬다. 머리 위로 꽃이 만발한 노각나무 긴 가지가 드리워 있어 아버지는 마치 흰 화관이라도 쓰고 있는 것처럼 보였다. 순하고 맑고 환한 꽃이었다. "아니야." 나는 꿈속에서지만 고개를 가로저으면서 힘주어 말했다.

　"우리 아버지는 절대로 골룸이 아니야!"

　끝없이 뻗어 나간 히말라야산맥이 산신령이 된 아버지의 어깨너머로 보였다. 산맥의 허리께에서 솟아 나온 나팔꽃이 순식간에 눈 덮인 산맥을 타고 올라 티베트 하늘까지 뻗어 나가는 장면도 보였다. 골룸이라니, 말도 되지 않는다고 나는 생각했다. 아버지, 나의 아버지는 히말라야산맥도 넘나드는 산신령이 틀림없었다.

3

집을 짓는 일은 빠르게 진행됐다.

터를 닦고 주춧돌을 놓는 것도 금방이었다. 손자귀 아저씨가 실어 온 목재들은 매끈하고 우람했다. 기둥과 보와 도리로 쓸 목재들이 뜰 한쪽에 쌓여 있는 모습이 정말로 보기 좋았다. "나무는…… 죽어서도 산 것이나 같단다. 봐라 저놈들, 베어진 지가 오래전일 터인데 여전히 한창 때 같지 않니." 아버지가 쌓여진 목재들을 쓰다듬으면서 말했다. 마음이 한껏 부풀어 오른 표정이었다. 나도 아버지를 따라 목재들을 가만히 쓰다듬어 보았다. 단단하지만 차갑지 않고 우람하지만 무섭지 않으며 곧지만 오만하지 않았다. "옛날로 돌아간 것 같다." 아버지가 연방 흐흐흐 웃으면서 말했다. "너도 좋으냐." "좋아요, 아버지. 손자귀 아저씨가 도목수라면 이제 내가…… 새끼목수예요." "허어, 내가 손을 놓으니 다들 한 계급씩 올라서는구나."

손자귀 아저씨는 아버지가 쓰던 먹줄통 대신 사인펜으로 먹을 그었다. 재목의 마름질에서 가장 중요한 것은 치수를 재서 촉이나 구멍을 정확히 파내는 일이겠지만, 기존건물을 헐어 온 재목이니 새삼 다듬고 말고 할 일도 없었다. 손자귀 아저씨는 그래도 목재마다 치수를 재보는 시늉을 했다.

"네가 혹시 목수를 한다면,"

창에 기대앉아 아버지가 말했다. "목재를 잴 때는 반드시 중심
선에서 중심선까지를 정확히 재야 한다. 한 치만 어긋나도 상량할 때 문
제가 생기거든." 나한테 하는 아버지의 말에 손자귀 아저씨가 끼어들어
대거리를 했다. "형님은 지독했어요. 앗다, 뒷모도 삼 년이 지날 때까지
도 먹줄통 한 번 못 만지게 했잖아요." 손자귀 아저씨는 아직껏 그것이
마음에 맺혀 있는 눈치였다. "내가 그랬던가……." 아버지는 심드렁 받
았다. "먹줄통 놔버리면 도목수로선 죽은 목숨이니까 그럴밖에 없지."

화제가 도목수 시절에 이르자 아버지의 목소리에 푸르른 휘파
람 소리가 저절로 섞여 나왔다. "먹줄통, 나는 그거 갖고 논 적도 있었는
데." 내가 말했다. 공사판에서 먹줄통을 만지고도 혼나지 않는 유일한
사람은 어린 나뿐이었다. 경상도 어디에선가 절집을 지을 때는 먹줄통
을 갖고 놀다가 물에 빠뜨린 일까지 있었다. 다른 새끼목수가 그랬다면
당장 산에서 쫓아냈을 일이었지만, 아버지는 말없이 쩝, 입맛 한번 다시
고 나서 먹줄통만 챙겨 들고 방으로 들어가 문을 닫고 말았다.

그날 아버지는 하루 종일 방에서 나오지 않았다.

막일꾼들은 물론이고 새끼목수 자귀목수가 모두 내 덕분에 하루
를 쉰 셈이 됐다. 그뿐인가, 아버지가 먹줄을 튕기는 순간엔 아무도 말
소리조차 낼 수 없었다. 굳이 말소리를 내지 말라고 엄히 타일러서가 아
니라, 먹줄을 튕기는 아버지 표정이 워낙 진지하고 정갈해 저절로 분위
기가 그리 잡혔다고 하는 게 옳을 터였다. 내가 목재들을 타고 앉아 심
심해서 공깃돌이라도 굴리다가, 망치소리 끌질소리 자귀소리 대패소리
가 갑자기 멈춰지고 솔바람소리만 아스라이 들려 고개 휙 돌려 보면, 허
드레 일꾼부터 새끼목수 지차목수까지, 내게 질책의 눈길을 쏘아 보내
고 있어 가슴이 철렁 내려앉은 적이 여러 번 있었다. 대웅전의 보나 퐁집
대들보에 먹줄을 튕길 때는 더욱 그랬다.

먹줄을 잡을 때 아버지의 표정은 두 손 합장 하고 간구하는 스

님과 매양 닮은꼴이었다. 아버지는 마치 무릎이라도 꿇듯이 온몸을 가만히 굽히고 엄지손가락과 장지로 먹줄을 가만히 잡았다. 서예가가 붓을 잡는 순간이 아마 그럴 것이었다. 먹줄을 위로 당길 때면 모든 사람이 저절로 숨을 멈췄다. 팽팽히 당겨지던 아버지의 먹줄과 먹줄 아래에서 떨던 목재의 하얀 속살들이 눈에 선했다. 그것은 놀라운 긴장이고 가장 아름다운 그림이었다. 마름질 잘된 목재의 하얀 속살에 달려가 부딪치면서 찰싹, 먹줄은 작지만 울림이 긴 목소리로 울었다. 그럴 때마다 나는 번번이 온몸을 떨었다. 아버지의 먹줄이 내 몸에 감겨 우주 밖으로까지 나를 쏘아 날리는 것 같은 느낌이 들기 때문이었다.

　　한 칸 집이라고 했지만 아주 작은 것도 아니었다.

　　칸은 기둥과 기둥 사이를 말하므로 한 칸의 길이는 집마다 다를 수가 있었다. 기둥을 다 세우고 대공과 마루도리까지 얹고 나니 대충 집의 크기가 나왔다. 세 평쯤 될 것 같았다. "이만한 산신각을 허물었단 말인가?" 아버지가 묻고 "그 대신 세 칸짜리로 새집을 진 걸요." 손자귀 아저씨가 대답했다. "미친 짓이야. 재목도 이리 훌륭한데 그걸 허물다니, 산신령님 화나셨겠네그려. 산신령님은 큰 집을 원하지 않을 텐데." "요즘 산신령님은 다르대요." "다르다니?" "요즘 산신령님들은 왜 산신각을 대웅전만 하게 지어주지 않느냐고, 불공정하다고 주지 앞에서 데모를 한 대요." "예끼, 이 사람!" "그나저나 저 집 지을 땐 큰 집, 큰 집 하시더니 이제 작은 집 더 작은 집 하시네요."

　　손자귀 아저씨가 입꼬리를 올리면서 웃었다.

　　손자귀 아저씨는 목재에 걸터앉아 새참으로 빵을 우적우적 씹어먹고 있었다. 한 칸 집 재목이라고 치고 보면 더욱더 우람해 뵈는 재목들이었다. 아버지는 아주 만족스런 눈치였다. 대들보와 종보宗樑 중보中樑는 생긴 대로 깎아 완성했는데 그 위용이 도저하고 저울대보와 서까래는 제몫몫 마름질이 매끈한 게 미인의 다리 같았다. 아버지 보는 앞에서 서까래 하나라도 내 손으로 마름질해 보이고 싶었지만 마름질할 목재도 따로 없으니 집 짓는 재미가 도통 없었다. 허물어다가 새로 쌓아 올리는 거라 사개맞춤 하는 일도 아주 싱거웠다. 이런 줄 알았으면 민도리집일 망정 아예 새집을 짓자고 할 걸 그랬다고 나는 생각했다.

날씨는 매일 맑고 뜨거웠다.

이상고온이라고들 했다. 서까래를 올리는 손자귀 아저씨는 물론 밑에서 아저씨를 올려다보는 아버지도 땀투성이였다. "벽을 마름질할 땐 겹으로 쌓게." 아버지가 말했고, "겹으로 쌓는단 말인가요, 이 한 칸 집을?" "작은집이니 더욱 그래야지. 산신각으로 지었으니 원래대로 하면 외풍이 보통 아닐 걸세. 안벽 바깥벽으로 쌓아야 외풍을 막을 수 있어. 집 자체는 안팎으로 숨을 쉬면서, 그러나 여름엔 시원하고 겨울은 따뜻하고." "지붕은 뭘로 잡을까요?" "물매 깊이 잡아 더그매를 넓게 하고 반자 위엔 연탄재로 알매흙을 깔게나. 지붕마감은 원래대로 기와를 올리면 될 게고." 연탄재는 불에 타서 소독이 다 된 셈, 석회를 약간만 섞어도 벌레 생길 염려가 없어 좋다고 했다. "예전에 우리, 경주 어딘가에서 그리 지었잖나. 효율이 높은 방식이었네." "참, 형님도. 요즘 세상 연탄재를 어디서 구합니까." "이 사람, 다섯 걸음밖에 못 걷는 나보다 세상 물정을 더 모르네그려. 저기, 저쪽 산동네 좀 봐. 저 동네 사람들 다 연탄 때고 살아. 비 오는 날이면 연탄가스 냄새가 예까지 흘러올 때도 있다고." 아버지는 만족한 표정이었지만 손자귀 아저씨는 볼이 쑥 부어올랐다. 있는 거 허물어다가 다시 쌓아 올린 거니 마감도 대충 할 요량이었는데 갈수록 아버지 입에서 주문이 늘어나니까 은근슬쩍 심술보에 바람이 드는 모양이었다.

연일 날씨가 좋은 게 그나마 다행이었다.

짜 맞추어 지어 올린다고 해도 상량을 하는 날이 없는 건 아니었다. 불볕더위 속에서 처마도리 중도리를 올려 맞추고 나자 곧 상량上

欀이었다. 가운데가 약간 휜 듯 자연 그대로 깎은 마룻대는 아주 실팍했
다. 손자귀 아저씨를 따라와 상량을 도운 인부들은 하나같이 좋은 체격
에 팔뚝마다 문신을 하고 있어 인상적이었다. 고향 후배들이라고 손자
귀 아저씨는 설명해주었다. 인중에 팥알만 한 점이 박힌 점박이는 벽돌
쌓기로 잔뼈가 굵은 '쓰미'라 했고, 앞니 하나를 금으로 해박은 금니박이
는 부동산업자라 했고, 터를 닦을 때부터 줄곧 손자귀 아저씨를 그림자
처럼 따라다니는 백바지는 본래 '터닦이' 출신이라고 했다. 연전에 연립
주택 지으러 다닐 때 우연히 만나 패거리를 이루었다고, 손자귀 아저씨
는 묻지도 않은 말을 보태 미주알고주알 설명했다. 공사판에서 하얀 바
지를 차려입은 게 너무 웃긴다고 여기는지 '백바지'만 보면 아버지는 흐
흐흐, 속 빠진 노인처럼 웃었다.

　"야, 너 나가서 담배 좀 몇 곽 사와라."

　손자귀 아저씨가 내게 돈을 쥐어주며 말했다. 소주와 돼지고기
등은 백바지가 이미 사온 다음이었다. 색이 바랜 커다란 파라솔 밑에서
바야흐로 상량식 핑계를 댄 술상이 차려지고 있었다. 함바집을 하고 있
는 고창댁이 김치와 찌개를 대령했고, 백바지가 냉장고에서 미리 사다
두었던 삼겹살을 꺼내왔다. 물을 가져오라 커피를 타오라, 낮부터 잔심
부름을 시키는 바람에 속이 좀 뒤집혀 있었지만, 가게가 멀지 않은지라
나는 암말 없이 담배를 사다 주었다.

　불 위에 올려놓은 기왓장 위에서 삼겹살이 거뭇거뭇 익어가기 시
작했다. "삼겹살이야 기왓장 삼겹살이 최고지!" 손자귀 아저씨가 엄지손
가락을 펴 보였다. 아직 해가 지지 않은지라 그냥 앉아 있어도 땀이 비질
비질 나는 참인데 삼겹살을 구워 먹으려니 둘러앉은 사람들 얼굴에 땀
이 비 오듯 했다. 그래도 소주잔만은 빠른 속도로 돌아갔다. 아버지는
안방 침대에 비스듬 누워 고개만 삐죽 쳐들고 술판을 내다보고 있었다.

　"형님도 한잔 하시겠소?"

손자귀 아저씨가 소주잔을 흔들면서 말했다. 마실 수 없다는 걸 알면서 약을 올리고자 하는 말이었다. 고개를 저으면서 아버지가 어색하게 웃었다. 술이 몇 순배 돌아가고 나자 패거리들의 목청이 점점 고조되었고, 드디어 돼지 멱따는 소리로 노래까지 부르기 시작했다. "저 양반 참, 배포가 크다고 해야 할지 어쩔지." 점박이가 아버지를 손가락질하며 말했고, "그러게 말이야. 두 식구 사는데 저 안방 넓은 것 좀 봐. 그렇게 만들어 놓곤 다시 코딱지만 한 한옥을 여기 짓는다? 아이고, 조리에 옻칠한다더니 바로 이런 경우야." 금니박이가 받았고, "남이야 돼지 오줌보로 축구를 하든 말든 뭔 상관. 돈 있으면 무슨 짓인들 못할까." 백바지가 지청구를 날렸다. "앗다, 아까워서 그러지" 하면서, 나를 힐끗 바라보고 난 금니박이가 "그 뭐냐, 빌라 두 동만 올려 분양하면 금방 노가 날 자리잖아, 여기가. 단번에 열 배 스무 배 뻥튀기할 수 있는 자리에다가 눈 뜬 봉사 형국이지, 이따위 변솟간만 한 한옥을 올린다는 게……" 하고 덧붙였다.

　　서쪽 하늘이 놀빛에 물들기 시작했다.

　　아파트 공사장의 크레인 꼭대기에 걸린 놀이 점차 낮은 음계를 짚고 내려와 소주로 취한 패거리들의 불콰한 얼굴에 닿고 있었다. 곧 밤이 될 요량인데도 판을 접고 돌아가자고 말하는 사람은 없었다. 돌아가기는커녕 백바지가 먼저 "형님, 대충 챙겨 들고 거실로 자리를 옮깁시다" 제안했고, "그래그래. 이리 들어들 와!" 창턱에 얼굴만 내밀고 있던 아버지가 속없이 반색을 하고 화답했다. 기왕 옮겨 온 마룻대 하나 올려놓았을 뿐이니 상량이랄 것도 없지만 그래도 명색이 상량을 핑계 대고 벌어진 술판이라 아버지로선 왁자지껄한 분위기가 미상불 싫지 않은 모양이었다.

　　거실로 옮겨온 술자리는 밤이 깊을 때까지 계속됐다.

　　"어이 김씨!" 취한 백바지가 술잔을 든 채 졸고 있는 아버지의 침대로 다가온 건 금니박이와 점박이가 쓰러져 잠이 든 다음이었다. 손자귀 아저씨를 형님이라고 깍듯이 올려 부르는 백바지가 감히 아버지를 향해 "김씨!" 하고 부르다니 만취한 게 틀림없었다. "앗다, 일어나 봐. 오늘 상량인데…… 쥔장께서 한잔해야지. 안 그래, 김씨?" 억지로 일으키려 실랑이를 벌이던 중 점박이가 들고 있던 술잔의 술이 주르륵 아버지의 얼굴 위로 쏟아졌다. 버둥거리는 아버지의 모습은 그야말로 목불인견이었다.

가슴에서 불꽃이 확 타오른 것과 손자귀 아저씨의 자귀가 눈에 들어온 건 거의 동시였다. 나는 나도 모르게 자귀를 손에 쥐고 벌떡 일어섰다. 손자귀 아저씨가 나보다 앞서 백바지에게 다가가지 않았다면 내가 자귀로 백바지의 머리통을 찍었을지도 몰랐다. 손자귀 아저씨는 술에 만취했으면서도 번개같이 몸이 빨랐다. 몸이 붕 떠오른다고 느낀 순간 손자귀 아저씨의 발길은 이미 백바지의 머리통에 닿고 있었다. 백바지는 단번에 태질 당한 개구리처럼 쓰러졌다. 태권도가 4단이나 된다는 손자귀 아저씨의 매운 발길질이었다. "이 새끼가 감히 어따 대고……." 손자귀 아저씨는 씹어뱉었다. 코피가 터졌는지 백바지의 얼굴은 어느새 피범벅이었다.

그것이 상량식 뒤풀이의 절정이었다.

그다음 날부터 일은 일사천리였다. 벽채를 쌓아야 할 차례가 왔다. 아버지는 삼화토로 빚은 흙벽돌을 사용해야 한다고 했다. 아버지 본래 생각은 삼화토 흙벽돌을 직접 쇠틀로 찍어내 쓰자는 것이었으나 손자귀 아저씨가 워낙 강하게 반발하는 바람에 전라도 고흥에 사는 아버지 아는 분에게 특별히 흙벽돌을 주문했다. "삼화토가 뭔데요, 아버지?" 내가 물었고 "진흙과 모래와 석회를 하나, 하나, 하나 비율로 섞은 흙이 삼화토다. 삼화토 흙벽돌은 총알도 뚫지 못하지." 아버지가 대답했다.

벽돌 쌓는 일은 주로 점박이 차지였다.

점박이는 온갖 유행가를 불러대며 혼자 벽돌을 쌓았는데 점박이의 일솜씨가 미덥지 않은지 벽돌을 쌓는 날 아버지는 한 번도 웃지 않았다. "몸뚱어리에 기운만 있다하면 그까짓 한 칸 집 짓는데 나 같으면 딴 일꾼을 쓰지 않았을 거네. 혼자도 여반장이지." 아버지가 손자귀 아저씨에게 핀잔을 주었다. "요즘 세상, 형님 세상 아니우!" 손자귀 아저씨의 목소리가 불퉁해졌다. 손자귀 아저씨가 그렇게 살찬 표정으로 아버지의 말을 맞받아치는 것은 드문 일이었다. "내 세상도 아니고, 암튼 다른 세상이우. 나도 뭐 사장소리 듣고 사는데, 형님 부탁 아녔으면 이깟 것, 내가 뭐 발라먹을 거 있다고 맡아 짓겠수!" 손자귀 아저씨의 말에 더 속이 상하는지 아버지는 아무 대꾸도 하지 않고 끙 이편에 등을 대고 돌아누웠다. 가래가 끓는 쉰 숨소리가 아버지에게서 가파르게 흘러나왔다.

"소백산 낙월암에서 산신각을 지을 때였구나."

손자귀 아저씨가 돌아가고 나서야 아버지가 입을 열었다.

"하루는 등짐이라도 지겠다고 누가 찾아왔는데, 눈은 쑥 들어가고 허리는 호리낭창한 것이 등짐은커녕 대패질도 못 하게 생겼지 뭐냐. 첫인상은 그랬어. 어디서 왔느냐니까 산에서 왔대, 산에서. 태권도 선수가 꿈이었지만 폐병이었던가, 암튼 몹쓸 병에 걸려 약초나 캐 먹으며 산중을 떠돌다가 배가 고프니까 일판으로 찾아왔다는 건 나중에 알았다. 그게 인연의 시작이야." 손자귀 아저씨의 이야기였다. "그래서 무슨 일을 시켰어요, 아버지?" "처음에야 뭐." 아버지는 손사래를 치다가 나와 눈이 마주치자 비로소 빙긋 웃었다. "그 몸뚱어리로 일인들 할 수 있겠나 했지만, 손가락들이 길고 갸쭉해서 배우면 소목은 해먹겠구나 하고 거두었지. 속셈으로는 너를 염두에 두기도 했고." "나를, 왜요?" "네가 아마 세 살인가 뭐 그랬어. 절집 보살들이 봐주긴 했다만 자귀 그놈 손을 보다가 옳거니, 이 녀석한테 애를 맡기면 되겠네 했던 게야. 애보기 좋은 손이라 생각했거든. 한때는, 네가 손자귀 손에서 컸다. 작은아버지로 알아라."

예전의 손자귀 아저씨는 거의 말이 없었다.

나무로 인형을 깎아주기도 하고 풀피리도 만들어 입에 물려주곤 했는데 그럴 때에도 그냥 씩 웃고 말 뿐이었다. 무등을 태워달라고 졸라도 웃었고 깎아준 인형이 마음에 안 든다고 일부러 이퉁을 부려도 웃었고 심지어 아버지가 지청구를 해도 웃었다. 술좌석에서 노래 한 자락이라도 시키면 수줍어 얼굴부터 벌겋게 달아오르던 사람이 바로 그 시절의 손자귀 아저씨였다.

지붕을 올리고 나자 한차례 비가 왔다.

오랜만에 단비를 맞은 뜰의 이 구석 저 구석에서 여름꽃들과 성미 급한 가을꽃들이 다투어 벙긋벙긋 입을 벌렸다. 작년만 해도 불편하긴 했지만 아버지와 함께 풀도 메고 산꽃들도 옮겨 심고 했는데, 이제 다시 그럴 날이 오지 못할 거라고 생각하니까 꽃그늘에 앉아 있어도 마음이 쓸쓸했다. "코스모스가 벌써 피는구나." 아버지도 좀 처량한지 입맛을 쩝 다시고 말했다. 작년에 맺은 씨앗들이 땅에 묻혔다가 스스로 싹트고 자라서 피는 꽃들이었다. 누가 심은 적도 없는데 저절로 터를 잡은 취꽃들이 터져 나온 것 또한 비 온 다음 날이었다. 전에 보지 못했던 연분홍 다른 꽃들도 피어 있었다.

"그건 상사화야."

아버지가 합족, 미소 짓곤 말했다. 거의 평생 길에서 길로 흘러 다니며 살았는지라 아버지는 모르는 꽃도 없고 모르는 나무도 없었다. "상사화가 어찌 거기에 심지를 박고 컸는지 모르겠구나. 이별초라고도 하지. 봄에 잎이 나와 여름에 다 말라붙으면 그제야 꽃이 핀단다. 나하고…… 세상하고 그랬던 것 같아. 잎과 꽃이 엇박자라 영 만날 수가 없는 거. 지리산 깊은 골로 어느 암자를 지으러 갔을 때, 마당귀 가득 저 상사화가 피어 있었는데……." 가을에 들어가서 이듬해 여름까지 그 암자에 머물렀다고 아버지는 설명했다. 아버지의 눈빛에 먼 바람소리 같은 게 섞여 지나는 것 같았다. "속눈썹 길고 유난히 살 속이 뽀얀 비구니가 한 분 있어서…… 밤마다 잠을 이루지 못하던…… 그게…… 그때가 언제였는지……." 실눈을 뜬 채 아주 먼 곳을 바라보는 아버지의 눈에 문득 물기까지 맺히는 걸 나는 똑똑히 보았다. 내 가슴에도 공연히 이슬이 서리는 것 같았다.

"가끔 달이 휘엉청 뜨고 그러면……."

아버지가 꿈결처럼 말을 이었다.

달이 뜨고 지는 사이 겨울이 봄으로 봄이 다시 여름으로 바뀌었다고 했다. 노각꽃은 이른 여름에 피는 꽃이었다. 노각꽃이 필 때쯤에야 겨우 대웅전의 기와를 올리게 됐던가 보았다. "노각나무 꽃이 피기 시작하면……." 아버지의 입에서 노각나무가 다시 출현한 것은 이번이 두 번째였다. 내 귀가 쫑긋 일어섰다. "절 마당 샘가에 노각나무가 한 그루 있었는데 그 아래 평상에…… 달이 뜨고 그런 밤이면 젊은 비구니가 나와…… 무릎을 세우고 앉아서 달 바라기를 하는데……." 달빛을 받은 노각나무 흰 꽃은 정말 환상적일 것이었다. 꽃그늘에 단아하게 앉아 뚝뚝 떨어지는 노각꽃을 일구월심 온 마음으로 받들고 있는 젊은 비구니의 이미지가 아련히 떠올랐다. 그것은 아마도 불현듯 삼라만상의 운행이 일시 정지된 듯한, 그런 정경이었을 거 같았다. 아버지의 눈에서 그 순간 아득하게 별똥별이 졌다. "……헛간 별채에서 문틈으로…… 몰래 보고 있으면…… 노각꽃이 그 스님인지…… 스님이 그 노각꽃인지…… 아이코오, 숨이 막 더워져서 어질어질해지고……."

나는 마른침을 꼴깍 삼켰다.

긴장하기로는 아버지도 마찬가지인 모양이었다. 그 대목에서부터 아버지의 말이 갑자기 자진모리 가락을 타고 비등하더니 이내 그 비구니 스님이 펄펄 끓는 몸으로 혼절해 쓰러졌던 어느 한밤중에 와락 닿

앉다. 혼절한 비구니를 업고 읍내 큰 병원까지 짱짱한 이십 리 산 굽잇길을 쉬지도 않고 나는 듯 달렸다는 이야기였다.

"깃털 같았다고나 할까…….."

아버지의 목소리에 단연코 화색이 돌았다. 다짐해 묻고 싶은 것들이 많았지만 나는 묵묵히 아버지의 말을 듣고 있었다. 훗날 산을 내려간 비구니가 먼 남쪽 바닷가 포구로 흘러나가 아이를 낳다가 죽었다는 전설 같은 이야기는 몇 해 전 어느 절집 보살한테서도 들은 적이 있었다. 절집 보살이나 아버지나 그것이 나의 어머니 이야기라고 말한 적은 없지만 이만큼 자랐으니 이제 어림짐작, 나는 슬프게 세상을 등진 나의 어머니를 충분히 상상할 수 있었다.

"인연이란 욕심대로 맺고 푸는 게 하나도 없단다…….."

아버지의 어조가 어느새 야트막하고 고요한 자락길로 내려와 걷고 있었다. "봐라, 상사화는 지금이 제철이다만…… 코스모스나 취꽃은 가을꽃인데, 가뭄 끝에 비가 오니까 저것들 몸속의 시계도 나를 닮은 건지, 시간을 앞질러 꽃을 피우고 있구나." 아버지는 눈을 반쯤 감고 있었다. 아버지의 혼은 지금쯤 어느 굽잇길을 정처없이 떠돌고 있는 것일까. "내년 봄엔 요 앞에……노각나무를 한 그루 심어야겠다!" 그 말을 끝으로 끙, 아버지는 다시 긴 그늘 속에 돌아누웠다. 달이 밝은 밤이었다.

다음 날부터는 내장공사였다.

내부공사를 시작하고부터 손자귀 아저씨는 더 자주 점박이 패거리를 집으로 불러들였고, 밤새 술판이나 노름판을 벌였다. 심지어 짙은 화장을 한 여자가 패거리에 끼어올 때도 있었다. 그런 날 아버지는 새벽까지 잠을 이루지 못하는 눈치였다. "손자귀 아저씨!" 내가 말했다. "아버지가 시끄러워 잠을 못 주무세요." "손자귀라고 부르지 마라. 난 손자귀가 아니다." "너무해요, 아저씨." "쬐끄만 녀석이 주먹까지 쥐고 째려

보면 어쩌겠다는 거냐. 어른한테 그럼 못쓴다." 예전의 손자귀 아저씨가 아니었다. 아버지는 선잠이 든 다음에도 계속해서 쌔액쌔액, 풀무질소리를 냈다.

아버지와 손자귀 아저씨가 다시 언쟁을 한 것은 문과 창 때문이었다. 아버지는 문과 창을 모두 전통방식에 따라 하기를 원했고 손자귀 아저씨는 옛날 방식의 문짝들은 제구실을 하지 못한다고 우겼다. "다 형님 편하게 지내시라고 드리는 말씀이에요. 아무리 흙벽돌집을 지었다고 해도 요즘 누가 판장문 골판문에 닥종이 완자창을 찾습니까. 고릿적 얘기는 하지도 마세요." "나는 유리 많이 쓰는 거 싫어. 집은 제 땅에서 나는 제 재료를 써야 숨을 쉬어." "아이구, 형님은 그래서 철골조 시멘트집을 저리 걸지게 지었습니까." 손자귀 아저씨가 철골조 시멘트집을 손가락질하며 말했다. "이 사람아, 그것은……." "뭡니까, 그게?" "그만두세나." 아버지는 고개를 돌렸다. 이상하게도 시간이 지날수록 손자귀 아저씨는 더욱더 아버지 말에 불손하게 대거리를 달거나 어깃장을 놓았다.

장판만 해도 그런 경우 중 하나였다.

아버지가 하라는 것은 기름 먹인 종이장판을 바르고 들기름 섞은 콩댐을 하라는 것이었다. "콩댐이라니요?" "콩댐 모르던가. 빻은 콩가루를 면 자루에 담아 방바닥을 문지르는 거야. 언젠가 나주에서 대갓집 지을 때, 자네가 콩 자루를 문질렀던 것 같은데." "모릅니다. 난 그런 것 기억 안 나요. 집을 맡겼으면 제발 좀 내게 맡겨주세요. 아, 옛날식으로 다 하자 하면 보일러도 놓지 말고 부엌도 무쇠솥에 아궁이를 들여야 하는 거지요. 다 막살하고 그럼 그렇게 해드릴까요?"

다음 날 손자귀 아저씨는 자기 마음대로 기성장판을 뚜르르 깔아버리고 말았다. 몸을 움직이기 어려운 아버지로서는 그렇거나 말거나 어쩔 방도가 없었다. 기성장판을 깔고 난 날에도 손자귀 아저씨는 밤새 패거리를 몰고 와 고스톱을 쳤다. 손자귀 아저씨가 집주인이고 아버지와 내가 더부살이를 하는 것 같았다. "사람들이 좀 거칠어서 그렇지, 집 짓는 걸로 먹고사는 사람 중에는 자고로 악종이 없다." 깊은 밤, 거실의 고스톱판이 한창 달아올라 왁자지껄할 때, 죽은 듯이 누워 있던 아버지가 힘겹게 상반신을 일으키더니 혼잣말하듯 창 너머로 고개를 돌려대고 말했다. 별똥별 하나가 멀리 흘러갔다.

흐흐흐, 하고 아버지가 짐짓 소리 내어 웃었다.

4

집을 짓는 동안 손자귀 아저씨와 나는 물론이고 심지어 아버지 자신까지 미처 구체적으로 느끼지 못한 것은, 아버지의 노화가 마침내 초특급열차의 속도로 내달리고 있다는 사실이었다. 그 사이 아버지의 머리는 완전한 백발에 그나마 반 이상이 빠져 달아나 대머리백발이 됐고, 허리가 사십오 도쯤 굽어 다시 펴지지 않았으며, 저승꽃이 덕지덕지 피어 얼굴이 동굴처럼 어두웠다. 귀도 어두워서 소리치듯 말해야 알아들었고 눈곱이 끼고 눈물도 자주 났다. 또 가깝게 접근하면 참을 수 없을 만큼 뭔가 썩어가는 냄새가 아버지 몸에서 나는 걸 느낄 수 있었다. 샤워를 시켜도 가시지 않는 아주 기분 나쁜 냄새였다.

게다가 더욱더 충격적인 것은, 이제 아버지가 혼신의 힘을 다해도 두 발자국 이상 떼어놓을 수가 없다는 사실이었다. 몸뚱이만 부풀어 올랐지 얼굴은 물론 목이나 종아리 발목 등은 밭을 대로 밭아 눈 뜨고 차마 못 볼 지경이 됐다. 새로 지은 작은 집은 모든 공간과 공간의 거리가 아버지에게 맞춰져 다섯 걸음으로 되어 있었다. 공사를 시작할 때 아버지가 걸을 수 있는 것이 다섯 걸음이었기 때문이었다. 아버지가 누울 보료로부터 문까지가 다섯 걸음, 싱크대까지가 다섯 걸음, 화장실 변기까지가 다섯 걸음, 현관까지가 다섯 걸음, 현관에서 아버지가 앉아 쉴 수 있게 새로 짠 나무의자까지가 모두 다섯 걸음이었다.

동화 속의 집처럼 모든 게 다 앙증맞고 오손도손 정다웠다. 문이나 창, 또는 장판 등 내장공사에서 몇 가지 아버지 뜻대로 하지 못한 것도 있었으나 대체적으로 집은 우리 땅 우리 산에서 나는 재료로 못 하나 안 박고 지은 셈이었으며, 그래서 아버지 말대로 '숨 쉬는 집'이 되었는데, 정작 아버지는 이미 두 발자국 이상 걸을 수 없으니 작은 집인데도 누가 돕지 않고선 집 안 어디에도 갈 수 없게 된 것이었다. 아버지는 그 사실을 깨닫고 크게 충격을 받은 표정이었다.

"그래도 얘, 이 냄새 좀 맡아봐."

아버지는 애써 밝은 얼굴로 말했다. "이 나무 냄새. 이거 적송 냄새다. 창틀도 니스칠 같은 거 안 하고 콩기름만 먹이니까 얼마나 좋냐. 너도 좋으냐." "정말 좋아요, 아버지. 숲속에 누운 것 같아요." 내가 애써 밝은 어조로 화답했다. 그것은 물론 거짓말이었다. 목재의 냄새를 짓누르며 집 안 가득 차 있는 것은 아버지에게서 나는 고약한 냄새였다. 아버지는 그러나 당신에게서 나는 냄새를 조금도 느끼지 못하는 눈치였다. "내가 마침내, 평생 처음, 처음으로…… 집다운…… 내 집을…… 갖게 됐구나." 흐뭇한 표정으로 아버지는 말했다. 연전에 지은 거대한 철골조 시멘트집은 아들인 나의 집이라고 치부했으니 산신각을 옮겨 지은 이 한 칸 집을 처음 갖는 당신의 집이라고 부르는 게 미상불 틀린 말은 아니었다. 나는 그사이 아버지의 얼굴에서 두 배 이상 새끼를 친 주름살들이 사방으로 퍼져나가는 걸 가만히 보고 있었다.

"너는 얘야……."

나의 눈을 들여다보다 말고 아버지가 잠시 후 덧붙여 말했다.

"진짜로…… 시인이 될 것이다."

그것이 아버지가 남긴 마지막 말이었다.

아침에 눈을 떴을 때 아버지가 누워 있던 자리는 비어 있었다. "아버지." 나는 명랑한 어조로 불렀다. 창 너머 취꽃과 망초와 코스모스

사이로 노랗게 물든 매실나무 잎들이 바람에 휘날리는 게 눈에 들어왔다. 이제 여름도 지나갔다고 나는 생각했다. "아버지, 어디 계세요? 오늘 아침 무밥을 하려고요, 무를 사다 놨거든요. 아버지, 무밥 좋아하시잖아요." 그렇지만 어디에서도 아버지의 목피리가 불어주는 쉰 바람소리는 들리지 않았다. 화장실 문도 단단히 닫혀 있었다.

"아버지!"

연방 아버지를 부르면서 화장실 문을 열려고 했지만 문은 단단한 지렛대에 걸린 듯 꼼짝도 하지 않았다. 다른 사람들과 합세해서야 겨우 화장실 안으로 들어갈 수가 있었다. 그 무렵의 아버지는 부은 건지 살이 찐 건지 몰라도 거의 백 킬로가 넘는 비대한 몸을 하고 있었다. 아버지는 변기에 앉아 있다가 실신하면서 화장실 문 쪽에 코를 박고 쓰러졌던가 보았다. 다행히 아버지의 표정은 뜻밖에도 아주 잠잠하고 단아했다.

"편백을 쓴 것도 아닌데 이 냄새는……."

화장실 문을 간신히 열고 난 직후 백바지가 중얼거리듯 한 말이었다. 어떤 사람은 적송 냄새라고 했고 어떤 사람은 편백나무향이라고 했고 어떤 사람은 상사화의 꽃향기라고 말한 사람도 있었다. 분명한 것은 아버지가 쓰러져 눈 감은 화장실엔 향기로운 어떤 냄새가 꽉 차 있었다는 사실이었다. 아버지의 몸에서 풍겨 나오던 부패한 냄새는 온데간데없었다. 나긋하고 향긋한 냄새가 화장실에서, 눈 감은 아버지의 몸에서 은은히 풍겨 나오고 있었다. 나는 그래서 아버지가 죽어 마침내 향기로운 나무가 됐다는 걸 확실히 느끼고 알았다.

5

　한지로 싸이고 한지 끈으로 묶이는 아버지를 나는 유리창 너머로 보았다. 아버지가 너무 갑갑해 비명을 지르는 것 같았지만 나는 아무 말도 할 수가 없었다. 관은 오동나무관이라고 했다. 염습을 보고 있는 건 나와 손자귀 아저씨와 백바지뿐이었다.

　아버지의 시신이 마침내 나무관으로 들어갔다.

　"칠성판도 없네요." 백바지가 말했고 "화장할 땐 칠성판 안 써!" 손자귀 아저씨가 즉각 핀잔을 주었다. 세로 180여 센티 가로 60여 센티미터쯤이나 될까 싶은 직사각형 모양의 얇은 평관平棺이었다. 아버지의 몸을 안으로 내려앉힐 때 관의 좌우 판재가 아버지의 비대한 어깻살에 밀려 살짝 벌어지는 게 보였다. 웃을 때마다 얼굴의 수많은 주름살이 사방으로 물밀져 밀려 나가던 아버지의 모습이 얼핏 떠올랐다. 좁은 관에 들면서 혹시 아버지는 웃은 것일까. 밀려 나간 아버지의 주름살들이 좁은 나무관의 좌우판재를 밀어낸 것일 수도 있었다. 목재에서 빠져나와 허공에 살짝 노출된 못에 부딪힌 형광등 불빛이 반짝 하고 빛났다. "제일 큰 걸로 주문했는데도 관이……." 안타까운 목소리로 손자귀 아저씨가 중얼거렸고, "죽는 사람들도 다이어트를 해야겠네!" 백바지가 웃음을 참는 듯, 맞장구를 쳤다.

　심장에 가시 많은 성게가 지금 지나가는 것일까.

가슴속에서 진한 통증이 솟구쳐 올라와 나는 나도 모르게 가슴 한쪽을 와락 움켜쥐었다. 안방은 배구코트 거실은 농구장인 철골 구조 시멘트집에서 나와, 침대에서부터 모든 편의시설까지가 사방 다섯 걸음 안쪽이 되도록 지은 작은 한옥으로 이사한 뒤 불과 며칠 지나지 않아, 아버지가 세 번째로 둥지를 튼 새집이 바로 이 오동나무 평관인 셈이었다. 내가 세상 사람들과 맞서 기죽지 말고 살아야 한다고 '크게 더 크게' 하면서, 아버지는 거대한 철골조 시멘트집을 먼저 지었고, 당신을 위한 최초의 '숨 쉬는 집'이라면서 못 하나 박지 않고 사개맞춤으로 한 칸짜리 한옥을 그다음 지었는데, 지금 아버지는 당신의 뜻과 아무 상관 없이, 자귀질 하나 제대로 할 줄 모르는 초짜 목수가 짠 기성품 오동나무관에 들어가 누워 있었다. 아버지의 세 번째 집은 그래서 비대한 아버지에게 아주 잔인한 형벌의 도구처럼 보였다.

　　그러나 그것이 아버지의 마지막 집이 아니었다.

　　화장한 후 뼛골을 빻은 아버지의 유골은 한 줌밖에 되지 않았다. 희끄무레한 구더기 색깔이었다. 살아 있을 때 가졌던 아버지의 모든 형상은 다 헛것이었던 듯했다. 늙수그레한 남자가 희끄무레한 구더기 분말 같은 아버지의 유골을 희끄무레한 한지에 싸서 역시 희끄무레한 사기 유골함에 무심히 담는 걸 나는 보았다. 비대한 몸으로 좌우 판재를 밀어내며 관 속에 들어갈 때보다 아버지가 한결 홀가분해졌을 것 같아 그나마 다행이었다. 아버지가 마지막으로 깃든 집은 원지름 20센티 높이가 20센티에 불과한 둥근 사기 함이었다. 난초 그림 하나 없는 유골함인데도 20만 원이나 하더라고 백바지에게 소곤대는 손자귀 아저씨의 귀엣말을 나는 들었다. 난초네 뭐네 얼룩덜룩 싸구려 그림이 그려진 유골함보다 무늬 하나 없이 희끄무레 둥근 그 유골함이 나는 더욱 마음에 들었다. 무던하고 고요하고 꾸밈없는 것이 아버지를 닮았다고 느껴졌기 때문이었다.

"자, 네 아버지다!"

손자귀 아저씨가 유골함을 내 가슴에 안겨주었다.

아버지와 아버지의 마지막 집이 너무 가벼워 눈물이 날 뻔했지만 손자귀 아저씨와 백바지에게 약하게 보일까 봐 나는 이를 악물고 참았다. 아직 해가 지지 않은 시각이었다. 햇빛 속으로 성큼 한 발짝 내디디는데 너무도 눈이 부신지라 저절로 두 눈이 깜박깜박해졌다. 체로 밭쳐 낸 것처럼 희고 맑은 햇빛이었다.

아버지가 죽어 마침내 햇빛이 된 것일까.

햇빛이 돼서 아버지가 이처럼 가벼워진 것일지도 몰랐다. 천지를 다 채우고 있으면서도 깃털처럼 가벼운 것이 햇빛이었다. 나는 아버지의 유골함을 안은 채 성큼성큼 햇빛 사이로 걸었다. 아버지가 깃털처럼 가벼우니 내 몸과 마음도 깃털처럼 가벼웠다. 마음만 먹으면 붕 하고 날아올라 세상 어디든, 아니 어머니가 있는 세상의 먼 바깥까지도 단숨에 갈 수 있을 것 같았다. 비로소 나는 아버지가 당신에게 가장 잘 맞는, 당신이 오래전부터 꿈꾸어 온 진정한 당신의 집으로 들어가 쉬고 있다고 느꼈다. 작고도 원융한 아버지의 마지막 집이었다.

가을꽃들이 지천으로 피어 있었다.

6

아침에 트럭이 한 대 대문간에 와 서더니 시멘트와 블록을 잔뜩 부려놓고 갔다. 양복을 잘 차려입은 부동산업자 금니박이와 손자귀 아저씨가 거대한 철골조 시멘트집 데크에 앉아 커피를 마시고 있었고, 백바지와 점박이가 뜰에서 시멘트를 개고 있었다. 깊은 가을이었다. 나는 얼마 전 완공한 귀여운 한옥에서 토스트 한쪽으로 아침을 겨우 때우고 학교에 가기 위해 막 현관을 나서다가 그것을 보았다.

그 무렵의 나는 아주 불안하고 불편한 생활을 하고 있었다. 손자귀 아저씨 패거리가 도무지 떠나지 않고 계속 시멘트집을 차지하고 있기 때문이었다. 떠나기는커녕 더 많은 사람들이 그곳에 드나들기 시작했고, 건축자재 같은 걸 뜰 한켠에 산더미처럼 날라다 쌓아두기까지 했다. "이제 아저씬 나가주세요." 내가 말했고, "다 너를 위해서야." 손자귀 아저씨는 다정히 웃으며 내 머리를 쓰다듬었다. "어린 너를 내가 지켜야지 누가 지키겠냐. 네가 천지간에 피붙이가 하나 없고 사고무친하잖니. 형님께서도 간곡히 너를 내게 부탁하셨고." "거짓말이에요. 아버지가 아저씨한테 그런 부탁했을 리 없어요. 내 집에서 모두들 나가주세요." 내가 불퉁한 소리로 메어붙이자 백바지가 갑자기 도끼눈을 하더니 옆에 있던 톱으로 데크 난간을 확 후려쳤다. 톱날이 반 토막으로 부러졌다. "듣자듣자 하니까 쥐방울만 한 새끼가 못하는 말이 없네. 어린 저를 돌보겠다는 어른한테 고맙다곤 못할망정 눈깔 똑바로 뜨고 내지르는 말뽄새 좀 봐. 싸가지없는 새끼!" "허어, 아우야!" 손자귀 아저씨가 손사래를 쳤다. "애가 철없어 그러는 걸, 그리 화를 내면 되나. 자넨 그게 문제야. 콩밥 먹고 나온 지 얼마나 됐다고, 이 사람아." "나 백바지, 다른 건 몰라도 사람 새끼 싸가지 좀 없는 건 못 봐. 다시 한 번 더 지랄하면 이 아저씨가 목을 홱 비틀어놓을 거야." 백바지가 꽥 소리 질렀고, 손자귀 아저씨는 못 이기는 척 혀를 찼다.

아버지가 그리워 핑 하고 눈물이 도는 걸 겨우 참았다.

아버지는 죽었지만 아버지가 '내 집'이라고 불렀던 그 작은, '숨 쉬는 집'에서 떠난 것은 아니라고 나는 생각했다. 밤이 깊으면 자주 아버지가 부는 목피리 소리도 들을 수 있었고 눈 감으면 천지사방으로 너울너울 번져가는 아버지의 환한 주름도 볼 수 있었다. 고스톱판에서 핏대를 올리거나 술판 벌여놓고 온갖 수다를 떠는 저들 패거리의 소음 때문에 아버지가 깊은 잠을 들 수 없는 것이 나는 꿈속에서조차 매양 화가 났다.

"네가 우리들 꼴 보기 싫어하니까 담을 쌓기로 했다."

며칠 후 아침에 나를 향해 다가온 점박이가 말했다. 담을 쌓다니, 나는 무슨 말인가 몰라 고개를 갸웃했지만, 한쪽 눈까지 찡긋해 보이는 점박이가 보기 싫어 반문을 겨우 입속으로 했을 뿐이었다. 날씨는 하루 종일 맑았고 하늘은 높고 푸르렀다. 무슨 담을 쌓는다는 말인가. 나는 종일 궁금하고 불안했기 때문에 학교가 파하자마자 황급히 집으로 돌아오다가 대문 앞을 가로막고 선 대형트럭과 우선 마주쳤다.

아니, 저들은 또 누구인가.

이삿짐 트럭이었다. 장롱과 갖가지 세간이 부지런히 집 안으로 옮겨지는 중이었다. 초등학생쯤으로 뵈는 애들도 두엇 눈에 띄었다. "왔냐." 대문간에서 만난 손자귀 아저씨가 눈웃음을 날리며 말했다. "내가 아예 이사를 들어오기로 했다. 큰 집을 계속 비워둘 수도 없고." 너무 놀라서 말이 나오질 않았다. "너 공부하기도 좋게, 저 한옥을 둘러 새로 담을 쌓았다. 보기에 어떠냐. 대문은 내일 동쪽으로 따로 내주마." 손자귀 아저씨가 덧붙여 말했다. 비로소 새로 쌓은 블록 담장이 눈에 확 들어왔다. 가슴이 철렁 하고 내려앉았다.

낯선 블록 담이 내가 사는 한 칸짜리 집을 둘러싸고 있었다.

불과 하루 사이에 벌어진 일이었다. 본래 산신각이었던 건물을 헐어 옮겨온 그 집은 아버지가 처음으로 당신의 집이라고 불렀던 '숨 쉬는 집'이었다. 너무도 놀라서 나는 그만 비틀했다. "왔냐!" 일꾼들과 함께 블록 담장을 마지막으로 손질하고 있던 백바지가 나를 보더니 한쪽 눈을 찡긋해 보였다. 아버지의 '숨 쉬는 집'은 블록 담장에 의해 마치 절해고도의 유배지, 혹은 작은 감방처럼 완벽히 격리돼 있었다. 그 안에 들면 마당가의 망초나 코스모스 취꽃이나 하다못해 매실나무의 붉은 잎새 하나 보지 못할 것이고 숨조차 쉴 수 없을 것 같았다.

"형이다. 앞으론 이 형을 형이라고 불러라!"

달려와 안기는 작은 사내아이를 번쩍 들어 올리면서 손자귀 아저씨가 아이에게 말하고, "이 형은 저기, 저 담장 안쪽 기와집에 산단다!" 곧 덧붙였다. 더 놀라운 것은 그다음 손자귀 아저씨가 한 말이었다. "어차피 너도 내가 돌보겠지만, 우선은 저기 담장 안, 그러니까 저 기와집을 중심으로 딱 사십 평만 네 앞으로 분할 등기할까 한다. 다 너를 위해서야. 사십 평, 측량한 경계선대로 담을 쌓았으니 그리 알아라! 네 아버지가 살아 계실 때 내게 모든 권리를 서류로 위임한 걸 네가 알는지 모르겠다만. 이쪽 집은 내가 좀 살다가 내년쯤 빌라를 지어 분양할 생각이다." 손자귀 아저씨가 어깨를 다정히 두들기면서 내게 눈을 맞췄다. "그리고 얘." 내 눈을 가만히 들여다보다가 손자귀 아저씨가 이윽고 내 귀에 입을 대고 나만 들을 수 있는 작은 목소리로 속삭였다. "난 더 이상

자귀질 안 한다. 그러니 앞으로도 손자귀 아저씨, 하고 부르면 혀를 뽑아버리겠다!"

그날 밤 나는 밤새 잠을 이룰 수가 없었다.

블록 담장이 나를 빙 둘러싸고 있었다. 아버지의 '숨 쉬는 집'이 갇혀버렸으니 아버지의 혼백 또한 숨을 제대로 쉬지 못할 게 확실했다. 너무 답답해서 쌔액쌔액 가파르게 내쉬는 아버지의 풀무질 소리가 밤새 들리는 것 같았다. 너 혼자 힘으론 안될 게야, 라고 내 마음속의 말을 알아들었다는 듯 아버지가 건네는 말도 들렸다. 나는 벌떡 상반신을 일으키면서 아버지에게 소리내어 대답했다. "키는 다른 애들보담 작지만요, 나도 중학생이라고요, 아버지. 풋샵을 서른 번이나 해요!"

아버지가 평생 메고 다녔던 낡은 배낭 속엔 먹줄통을 비롯하여 곱자 줄자 그무개 그림쇠 끌 정 손대패 타태송곳 수평대 등이 들어 있고, 그리고 반지르르 아직도 윤이 나는 손자귀도 들어 있었다. 나는 아버지의 배낭에서 자귀를 꺼냈다. 배낭에 든 자귀는 두 가지였다. 하나는 규모가 더 큰 선자귀였고 다른 하나는 나무줏대 중간에 자루를 끼운 손자귀였다. 손자귀가 크기도 작고 날도 얇아서 더 정다웠다. 날은 아직도 하얗게 서 있었고 손잡이는 아버지 손때가 묻어 반질반질했다. 손잡이를 잡아들자 자귀 전체가 원래 내 살붙이였던 듯 쩍 내 몸에 달라붙는 느낌이 들었다. 나는 온몸을 한 차례 힘 있게 떨었다. 블록 담 너머 철골조 시멘트집에선 이사 들어온 기념으로 술판이 벌어진 듯 왁자지껄한 소리가 계속 났다.

"이제 나는 자귀목수가 될 거예요!"

나는 아버지의 환영을 향해 말했다. 자귀질은 무엇보다 깔끔하고 매워야 된다고, 애당초 누누이 가르쳐준 것은 아버지였다. "깔끔하고 맵게…… 자귀질할 수 있어요, 아버지!" 나는 짐짓 손자귀를 힘껏 치켜들어보았다. 손자귀 패거리의 왁자지껄한 말소리가 계속 들려왔다. 술에 만취된 그들이 쓰러져 인사불성으로 잠들기를 나는 기다렸다. 아버지가 그려놓은 먹줄을 따라 혼신의 힘을 다해 정확하고 맵게 자귀를 내려치면 끝날 일이었다. 손자귀 아저씨의 목에 열십자로 그려진 아버지의 먹줄 금이 환히 보이는 것 같았다. 열십자의 한가운데를 파고드는 자귀날의 느낌이 날것 그대로 전해져 와 나는 재차 부르르 하고 온몸을 떨었다. 황홀했다.

달이 휘영청 밝은 밤이었다.